[法]
西蒙娜·德·波伏瓦
著

沈珂
译

青春手记

IV

❧

上海译文出版社

Cahiers de jeunesse
1926-1930
IV

趁人不备盗取秘密，这是最卑鄙的事。

我常常会因为自己言多必失而苦恼，若有人读这些手记，

无论是谁，我永远不会原谅。

这是一种丑陋恶劣的行为。

请遵守这一提醒，尽管如此郑重其事有些可笑。

Simone de Beauvoir

谁知道呢，好好想想，是不是爱便需要勇气？

——阿兰

平静，平静，保持平静。
知晓一片棕榈叶的重量
承载它的茂密……

——瓦莱里[①]

我们吹肥皂泡的时候，都会花很长时间，付出必要的耐心。
但是肥皂泡很快会破灭，这一点大家都知道。

——叔本华[②]

没有什么能支撑我，除了完全的绝望。

——拉尼奥[③]

形而上学者是一个能自我控制的神秘主义者。或许进行哲
学推理就很不正常……

——柏格森

如果上层的那些人没有自我提升至能超越维持生命、为自己
的存在而斗争的程度，如果他们做的仅仅是用一种更为复杂的方
式达到与底层人一样的目的，这难道不是一种倒退，而不是一种
进步吗？渴望生命的强大动力与艰难获得的生命所带来的全然空
洞之间形成了最显著的矛盾。

——奥伊肯[④]

[①] 《棕榈叶》，见《魅力》（1922）。——原注
[②] 《作为意志和表象的世界》（1818）。——原注
[③] 儒勒·拉尼奥（Jules Lagneau, 1851—1894），阿兰崇敬的大师。——原注
[④] 鲁道夫·克里斯托夫·奥伊肯（Rudolf Christoph Eucken, 1846—1926），德国哲学
家，曾获得1908年诺贝尔文学奖。——原注

四月十七日

过去的岁月握在手心。如今的我，是否也只是一粒微尘，随风飘走？一九二七年的复活节星期日！过去的那些节日，记忆模糊，也丝毫不能令我感动。我不太喜欢我的童年。我很少回看这堵突然出现在一九二六年初的墙，它将我的生活一分为二。我似乎与我曾经是的那个小女孩没有任何关系。有时我很高兴地发现在她脸上有我现在的一些特征，但更多时候，我告诉自己，一个一模一样的十九岁的我正是从一个与我完全不同的她而来的。青春的奇迹之一是每年都感觉越来越丰富，并且正在走向那个很久以前便已经设定好的理想中的样子。如今，应该说的不再是"成长"，而是"衰老"。

我想写一本小说，写一个年轻女孩对她未来四十岁的面孔如此恐惧，以至于用尽全身力气拒绝活着，但对于我所想象的一切，我知道一文不值，唉！我无法超越自己想象的门槛，但我还是有很多话要说……我想重新捡起一些曾经感兴趣的事。已经两个月了，我想我厌恶地甩掉了我的存在。你好！你现在可以回来了，我心里又重燃了对你的渴望。

四月十八日星期一，复活节

> 如果我们的灵魂因幸福而颤动，像琴弦颤动一样发出声响，那么哪怕只有一次，所有的永恒都是必要的，为了引发这一个事件。只有在我们确认的那一刻，所有的永恒都被允许，被释放，被确认，被证明是正确的。
>
> ——尼采《权力意志》①

哦！我不知道是否还有什么比这些太过美丽的春天夜晚更令人痛心的了。昨天晚上，我躺在床上，用马拉美和巴雷斯来驱散无聊。《牧神午后》把我带到了一个真正美丽的国度，唯一的一个，有爱的国度，在那里灵魂可以得到抚慰。在菲利普的"消沉"中，我找到了一点自尊，可以继续活着。也许我以

---

① 严格说来，这本著作并不存在。尼采在 1888 年放弃了写作此书的计划，直到 1901 年他逝世后，由他妹妹以《权力意志》为书名加以出版。现在，这本著作常被认为是篡改的。——原注

后会再去看他们。不能老是这样下去！什么？没有兴致地工作，把一晚上的时间浪费在瞌睡上，毫无激情地、孤零零地在街上徘徊，不像在阳光下那么快乐，最后逃到剧院或电影院！为了忍受生活而使自己头晕目眩，而我本可以热烈地、饱含激情地生活！

我给莎莎写了一些充满希望的话。这是真的，我知道幸福一定会降临，它会带给我平静。我答应活下去，并说我会慢慢变老。但还要多久？将近两年……啊，痛苦总比我陷入的这种冷漠要好得多。我热切的爱已经沉睡太久了。我想到雅克，只是悲哀地发现何为我所谓的他的精神缺席。过去曾经是一个梦吗，所有的一切都是梦吗？我对他的呼唤，"我们慢悠悠的谈话"，我们灵魂上神奇的合二为一……这些都不再存在了吗？

一切形而上学都属于第一人称单数。所有的诗学也是如此。即便是第二人称，其实也是第一人称。

——路易·阿拉贡[①]

剩下的一切：读过和喜欢过的大师，希望，对生活的呼唤，反抗，期待，还有把我整个自我祭献出去？泪水，令人窒息的欢愉，陶醉，气馁和忧愁，还有我的生活，我都要对你们说再见了

① 《巴黎的农民》(1926)。——原注

吗？我曾经试着把自己塑造成温柔美好的形象……照片里的我看着现在的我，带着责备又充满同情的微笑，似乎早已预见到今日，为必须原谅她而痛苦。冷酷无情，"这位悲天悯人的女王坐在一群滥用内心生活的狂热者的心上"。

我想要什么？平静。安静、市民阶级式的生活，一个我爱的丈夫，不必时时刻刻担心爱情会让我身心俱疲，一段审慎、好好经营、充满活力和激情的爱，而非满是担忧、等待、痛苦，为所有他没有兑现的诺言而歇斯底里，有需要照顾和关爱的孩子、简单的工作，可以不带罪恶感地消遣娱乐。

我想要实现它们。我已经被追寻、被自己复杂的兴趣弄得筋疲力尽。如今为了恢复爱自己的力量，装点自己的灵魂，我必须依赖另一个人的爱。

我内心的空虚……你要是不要求我向你袒露这些宝贵的财富该多好，它们那样沉重，生生地阻塞了我的心，却没有填满它。我一直孤零零一个人，如今却很焦虑。我的爱在这样的忧伤中重燃了，我多么需要好好哭一场……

不，甚至这样的放纵都不能持续。其实，我渴望的不是雅克。我想要渴望他，我知道只有他的存在才会让我有这样的渴望。可是坐在这个客厅里，只有我自己，一个年轻的女孩坐在桌子前，一边写一边试图让自己的内心激起一股激情，来填满自己。

一切都比虚假的爱情好，欲望被当作了激情，激情被当作了接纳，于是我们来回徘徊，这颗心也慢慢变得陌生起来。

——克洛岱尔[①]

为了安慰自己，我需要好好看看我的朋友眼中所反映的自己的多重面孔。我也必须清点我的财富。

我对其有意义的生命：宝贝蛋，她经常对我说："如果没有你我该怎么办？"她爱她的姐姐，那么聪明、悲伤、复杂、爱沉思。她的爱是由对我这个人的深刻钦佩和对我带给她的很多东西而生的感激组成的——我的这种形象并不令人不快。是的，我为她做了很多，她生活中几乎所有的激情都是由我传递给她的。但我是否像她爱我一样爱她？她对我又有什么帮助呢？有，她需要我，令我快乐，以及当其他一切都失败时，我能够在这种真正的温柔中得到庇护，从而获得快乐——同时[②]也是一种同谋——一双倾听的耳朵，倾听一些非常重要的事，我很爱她。

莎莎。"你打破了我的孤独"——对她来说，我是可以无话不谈的"朋友"，"聪明，外向，有活力"，尽管我有我的痛苦，但是充满能量，我清醒冷静，能掌控自己，对众生和万事万物都

① 《受辱的父亲》(1916—1920)。——原注
② 原文缺了一个词。——原注

富有热情——这个形象也是真实的，让我感到安慰。能在一个像莎莎这样的女孩眼里成为这样的我，让我觉得值得活下去（也许她也值得）。她之于我的意义：她是我的知己，是另一个我，一个冷静、睿智和比我更好的朋友！无需赘言，我"尊重"她，我经常热情地对她表示感谢，哭诉我的柔情。当我有不好的想法的时候，就像今晚一样，我似乎更想在她身上——而不那么想在宝贝蛋身上——看到自己的影子，一个更加宽容和充满爱的自己，"在哭泣的那一刻，离我自己如此切近"的那个自己，然而更清晰可见的是内心的干涸，而不是激情……

雅克。"自从你不去了之后，哈尔古的露天座上都空无一人"——在他告诉我之前，我什么都不想知道。"这又与我何干。"他对我的意义：一切——我活着的唯一理由。若我有不好的想法时，我最多也只能想到他的缺点，大喊我比他强大，但我永远不可能驾驭他。我甚至不能肯定我爱他是不是比他爱我来得多。哦！你离我那么近，却又那么远。唯一的一个人，我感觉和我自己一样不可捉摸，却又很容易理解，既是"我"的最大化，也是"他者"的最大化。我迫不及待地期盼着这一天的到来，你不再是"他者"，也不再是"我"，而只有"我们"。到了那一天，我的长跑才会结束。看吧，我终于可以平静地想起你，我的心头满是安宁的柔情。我亲爱的朋友……我完全信任你，相信你的爱。我很确定你是怎样的人，以及你对于我的意义……但无法依靠这种信心，因为你有太多的东西是我不知道的，穿梭在你头脑里的模糊的欲望，稍纵即逝的邪恶的或疯狂的愿望。所有存在的不确定性，所有的一切，我都知道，我无法"以本质都是稳定的"作为借口，拒绝将这一切加以考虑，我看到你的所有，而我爱的也正是你的所有。同样地，我也经常为自己担心、对自己感到厌恶，在内心深处不断地相信自己，爱自己胜过一切，同样地，所有（那些）我以自认为无法实现的方式与他们视为同一的人也是如此。因此很多时候，当我想从外部评判你的时候，无法做到公平，如同我评判自己一样。若你在这里，我不会如此认真地看待我爱你的方式，我的柔情也可以是最简单的，雅克，你知道的。我想和你谈谈……

玛丽亚·特蕾西亚。"唯一的朋友，以完美为饰，是如此的高高在上！"在这个形象里，有属于我的东西吗？只有我对众生自然而生的感情，我的生命力，还有一点我的柔情和我的梦想——她，对我来说不算什么。

团队的小女孩们：活泼，聪明，友好，最单纯的面貌却是最真实的，我为此感到高兴。我曾经囿于自己的小世界，所以从中走出来，也让我高兴，只要不涉及一些深层次的品格，自然而然地获得共情，我很开心。

在讷伊：有些女孩子只欣赏我严肃的智慧和我学业上的游刃有余（弗朗斯瓦兹·勒鲁瓦），还有些女孩子更了解我，知道我的批判精神，我时不时会发火，我很爱交朋友，以及与我自身不太相符的一面，但很少表现出来。

在索邦：对列维来说，我是一个个性很强的女孩，她很快视我为知己。和那些不太了解我的人一样，她也只是被我的独立、我的内心富足而吸引，因此，我更容易驾驭那些弱者。

身边对我很重要的一些人：默西尔小姐。她发觉了我的智慧、对生活的热情，还有我思维的严肃性，我的顾虑和欲望，我的优点，她放大了看，可对缺点，却看不清楚，正是她为我构建了最完美却并不是最可爱的形象——虽然她很了解我。她对我来说是智囊，也是交心的知己。我喜欢她用她所有的智慧来谈论我、倾听我。我希望她的智慧强大到足以值得好好说一说。

布洛玛小姐：一个与我相当的女孩，但又不是我，我喜欢她，因为她与我不同。因为她是其他人，因为她存在。

巴比尔：我见过的最有同情心和最有智慧的人，一个与他相当又与他不同的年轻人。他的知识分子信仰吸引了我。

加利克：承载着我满腔的钦佩，我对他仍有感激之情。

他们是我唯有的亲近的人，他们的个性我都能认同。远远地，我带着同情的目光看着：去年的斯特罗维斯基，我欠他一个大人情；今年的巴吕兹，他以其严谨和深刻的信仰吸引了我。在他明亮的眼睛里闪烁着一种知识分子的热情，他实实在在地体验自己的思想，他拥有一种内心生活。布兰斯维克可能是一个具有价值的人，但对我来说等于零。

就这么多……

四月二十日星期三

"泛白的黄昏在我脑中变得温暖";我从未像今日这样那么理解马拉美的这句诗[1]。我刚刚给雅克写了一张纸条,告诉他我明天要去见他。他不在。我已经厌烦了思念他。

精神对身体有影响,反之亦然。曼恩·德·比朗的《日记》[2]和詹姆斯的《情绪理论》[3]。为什么,只要一想到他真的在这里,身体上的不适便充斥着我,硬生生的焦虑让我吃不下饭,只想躺着,蜷成一团,因气馁而哭泣?

站在紧闭的门前,我很难过。这门背后的生活,与我的生活完全隔绝,而现在我动一动手指便要使这生活融入我的生活中。无论这一融入会多么吓人,多么让人始料不及,之后又会产生什么?而他呢,他又会怎样看待别人进入他的生活?当然,我会走近他,以一种比年初更单纯、更信任的态度,就如同这些话,他读出了每一个音节,却从未连起来说过。但我永远无法不让自己觉得"每次他的形象消失,他的人就出现",这样的震撼扰乱了我内心的安宁。我能轻轻松松地摆脱他该多好,要知道今年冬天,我度过的每一分钟都充斥着他的名字!可我提心吊胆地害怕拒绝,我是多么不值钱……

---

① 《诗集》(1899) 中的《复苏》。——原注
② 哲学家曼恩·德·比朗 (Maine de Biran, 1766—1824) 的《日记》。——原注
③ 威廉·詹姆斯 (William James, 1842—1910),美国哲学家,其作品《情绪理论》是实证分析的代表作:有用和有效是真理的两大标准。——原注

梅特林克关于沉默的描述真优美……

> 一旦我们真的有话要对对方说，我们就不得不沉默……灵魂在沉默中就像金子和银子在纯水中一样。我们所说的话之所以有意义，只是因为它们沐浴在沉默之中。
>
> ——梅特林克[①]

我想了解，我怎么能以这种方式将自己与我最亲爱的记忆和最亲密的欲望隔离开来。我常常觉得：这样的午后如此甜蜜，这样的谈话如此动人，我把它们归于另一个人，甚至像雅克的脸一样，它们出自虚构。我无法沉浸其中，这些不是属于我的记忆。

这一年给我的智识带来了什么？严肃的哲学训练，这也许进一步加强了我从整体上看待一切事物的倾向，磨练了我的批判精神，唉！太强烈了，我对严谨和逻辑的渴望。它更像是一种借助方便的词汇和公式对思想进行分类的方法，使我能够更好地从它们身上认识自己。我几乎读完了所有的精华，并浏览了大部分的问题。我唯一注意到的是，我们无法在知识秩序和道德秩序中建立任何东西。

在绘画方面我有了进步，我学会了深入品味一幅幅美丽的画

[①] 《谦卑者的财富》（1896）。——原注

作：毕加索，布拉克，藤田嗣治，德兰，印象派，修拉，马蒂斯，塞尚，毕卡比亚，德尼和许多其他人，我都熟悉起来。

戏剧：尼古拉·叶夫列伊诺夫的《幸福喜剧》[①]。

《大海无边》。

萧伯纳的《医生的两难选择》[②]。

电影：爵士，等等。（但观影后总想要流泪！……）

文学：开始读旧时和外国文学。阅读大量的小杂志和不太知名的现代作家。我轻松地在已知的名字中徜徉。我的狂热，我的好奇心得到满足。但很少有实质收获。现在主要是啃书！我与它们缔结了一种智性的友谊，我爱它们。

我的思想并没有发生深刻的变化，还是对心理学和分析充满兴趣，但没有了信心，没有了热情，看了太多的东西，尝试了太多的态度，理解了太多的立场，采纳了太多的想法。一切都是相对的，一切都是无用的。我对力量和对幸福的渴望少得多。我的内心更平和，也带着更多的不确定性。我已经变老，但没有深刻的变化。最重要的是，我了解了爱情和它带来的所有问题，我还学会了，有些问题，唯一的解决方法就是不要提出这些问题。

我想，就像在满怀勇气的日子里一样，努力为我的每一天赋予表情，摆脱这种静止的愚蠢。需要什么？意志。巴雷斯，来拯

---

① 尼古拉·叶夫列伊诺夫 (Nicolas Evreinoff, 1879—1953) 的作品，此剧曾上演过八百多场，由夏尔·杜兰执导。1940 年改编成同名电影，由马塞尔·莱尔比埃搬上荧屏。——原注

② 于 1906 年上演。——原注

救我！这张脸可以是平静的，也可以是痛苦的，但我的生活不能再是无形状的灰色。我不再为爱而活，如同摆脱了一项无聊的任务。

我渴望见到莎莎。我渴望爱雅克。

（晚些时候。）

勇敢，冷静，忠诚……这是安静的蓝天和守望的太阳在克吕尼广场上给我的建议。我的内心多么美好！仿佛由于我过分在乎真诚而忽略了它！我知道，它没有绝对的价值。但你会向画家证明，他画这幅画是不对的吗？是徒劳的吗？不，只要他喜欢。只要我相信它是对的，它便是对的，只要我喜欢，它就是好的。但那些喜欢施加暴力的人，也会这样认为吗？不会，因为他们首先必须有能力付出爱，付出信任。如何才能抵达内心的这份美好呢？不是抵达，而是感受。无需背负任何道德上的顾虑，只需要有自我存在的强烈意愿。不自我逃避，不扼杀自己的声音。长久以来，我都有这样的体验：经过长久的休整之后，重新出发。爱自己，不需饱含激情，但要爱得深沉，相信自我。简简单单地活着，一如这美好的春日，别闭上双眼，而要战胜自己内心的怯懦和恐惧。这是一种富足的简单——与贫瘠毫不相干。希望他也能获得这份富足的简单，不再以感受厌倦为乐，不再感到厌倦，谦卑地接受幸福。完全是真的，也就是说，看重的不是我们认为有趣或吓人的事物，而是超越一切，最最重要的东西。若这些游戏只让人觉得残忍，那大可不必玩。但若一直沉迷其中，有可能会不记得这些只是游戏而已。

我突然把这一切——游戏，曾让我泪流满面的不安——简化成这样，以后或许连我自己都会觉得不可思议吧？所以野蛮人的想法是对的吗？野蛮人永远都是错的。如查拉图斯特拉所说，"即便你重复着我亲口所说的话，但只要经由你之口，这些话就会成为谬言"——要想证明说"皮埃尔活着"这句话是对的，仅仅靠皮埃尔确实活着的事实是不够的。必须获得如此言说的权利（斯宾诺莎）。况且，玩耍游戏也是必要的。只是有一天要把最喜欢的布娃娃收起来。

（在卢森堡公园。）

这一刻太美妙了，这份美好源于那位小女孩的优雅，她戴着紫色的帽子，正在跳绳，源于斯宾诺莎关于真理的伟大论述，我饶有兴致地回味着，我已经很长时间没有读原来的那些书了，还源于我内心突然涌起的真真切切的爱意。我的内心丝毫没有沉醉，却是一片极大的安宁，我的思想，我的感情，我的灵魂。我重新回到拉辛路上，思忖着：我所获得的这份宁静，只是因为阳光在照耀着。同样的明媚曾照亮过无数的痛苦——哦，我的假期！我不是说它的存在没有目的。我的身体同样感到愉悦。完整地总结一下：我展示的不是我的外部财富，是对我的全面认识，是对我生命的全面认识，是对他的认识。不是对他的思念，是从最深层次认识最本质的他，认识最真实的他。

在这里，几小时的忧郁沉思是有道理的，在这里，我的内在生命在绽放，在这里，是一段难得的美好时光，更难得的是，只让一个人感动。

四月二十九日星期五

与玛德莱娜①在巴黎度过安静的一周。巨大的启示，是比托叶夫夫人演出的《圣女贞德》②，多美的作品，更重要的是，多么伟大的艺术家！她不是在演绎，这个女人，她在经历，在创作……我足足回味了三天，我小心翼翼地把这些感受锁在了自己心里。活着是值得的，若能碰到如此有质感的快乐，喜悦本身就已证明了一切，不需要任何其他理由，也正因此，喜悦来得快去得也快，完全不能将其视为一种记忆，只是一种在场。

星期日与团队去了马尔迈松。再次见到了列维，跟她谈论了有关社会性的我与纯粹的我的话题，很有趣的讨论。她说得很抽象，太热衷于玩文字游戏了。再次回到索邦大学，也让我觉得很高兴。

星期四，见到了雅克，我们之间的交谈很愉快。不太需要再去见他了，我们安安静静地待在自己的位置上，做好自己的事。等我们想见面的时候，会再见面的。

---

① 住在格里埃尔的表姐，艾莱娜姑妈和莫里斯姑父的女儿，比西蒙娜大三岁。——原注
② "圣女贞德"是柳德米拉·比托叶夫夫人最重要的角色之一，该剧导演为萧伯纳。——原注

又见到了莎莎。

我读了阿尔兰的《受苦的灵魂》和里尔克的《马尔特手记》①。我再次被震撼，已经很长时间没有如此了。

在强烈的阳光下，我有了一些渴望，渴望穿着被汗水浸湿的薄纱裙散步，渴望完全放空地躺在草地上，渴望在这满足的身体中寻找安全感，这具不需要倚靠任何人的身体。我的力量又回来了。渴望阅读，有选择性的阅读（尤其是希腊文学、英国文学、俄国文学），渴望智性的放松。我很平静，我愉快地生活着，就像两年前我不敢希望的那样，然而我愿意放弃这一切，成为一年前那个令人赞叹的孩子。

昨天，突然，在美丽城的街角，在郊区的迷人夜晚，在那里，生活似乎和人们在门口呼吸的新鲜空气一样，亲切又简单，一股激情涌上我的心头：一分钟的闪现。我想到了在这个街区散步意味着什么，我作为团队成员的任务是什么，若我还能保持一年的热情的话。这些就是我所渴望的！不，如今我内心渴望的不是这些，而是有可能让我把无限的爱和奉献投入其中。我比以往任何时候都更强烈地意识到我的生命有多重要，那是我自己。我所爱的，我所想象的，是多么有价值，这些是存在的，也只有这些才存在。

---

① 分别出版于 1927 年和 1910 年。——原注

每个人都要走自己的路，一条不是自己选择的路，我们甚至不知道它把我们带到哪里。

——拉缪

我的过去在我身后，就像从我身体里离开的一件东西，我对此再也无能为力，我用陌生的眼神看着它，一件再与我无关的东西。我今天所经历的当下不会让我觉得它是一种过去——我的生活是如此空虚！不是一种令我深受折磨的空虚，我的身体很健康——而是一种我认为是必要的、我要接受的空虚。无论是莎莎、加利克、雅克、索邦大学，还是团队、佩吉，或是纪德、克洛岱尔，我孩提时、少女时期的爱好统统都充满激情，因此产生的激情让我战栗、让我感到沉重，压得我喘不过气，我是那么渺小，被这样的激情吞噬。而如今，是我自身消化所有的激情，我的幸福合情合理，是确凿无疑的，我感受到的种种爱不再是我生活的中心，我可以轻而易举地不为之所困！我因此变得如此孤单！彻彻底底的孤单！这种孤单不同于爱到深处时体味到的形而上的孤独，并进而转变成一种折磨，而是两个人在一起，却抱怨自己孤孤单单一个人。我是真正的孤独，在这份孤独里，没有任何其他人，因为都不愿为了孤独而打破孤独。冷漠吗？不——其中饱含着温情：对莎莎、宝贝蛋，还有他，只是这种温情，我给予他们，而我自身却没有任何改变。他人对我而言，再也不是确定与完整的，我曾经幻想过的伟大的放弃是绝无可能的！他们就是他们，就如我就是我，而且我不需要他们。我的爱情，在我看来，已经成了过去。不是沉寂的过去，如去年的激情、我曾经那段奇怪又神奇的生活，而是一种在未来的某一天会复活的过去，不过会呈现出不同的面貌。当然，我不会用严苛的目光去审视它，也不会与其他人比较，我知道在我能认识的人中，他永远会是我喜欢的人。我对他的爱不会减少。只是爱情在我心里的分量会减少——我很平静，我知道爱情还会卷土重来，但眼下，它对我来说无足轻重。一个人足以满足一个灵魂吗？基本是不能的，话也不能这么说：只是因为我不需要被满足。

"奈带奈蔼！我将教会你虔诚！"读马塞尔·阿尔兰的时候，一种情绪又涌上我心头，似乎流眼泪还是有价值的。这撕心裂肺的话一直在重复：只有这，只有这，只有这，可怜的孩子，"脸庞已经模糊"——只有这，可怜的女人"内心"烦闷——我们幻想过的行为，刚刚酝酿好的行为，而且我们确实应该如此，只是因为这些行为那么遥远、那么不可实现，我们才会喜欢……

> ……即使没有遗憾，没有失望，也会离开，
>
> 在曾经拾梦的心中，拾起那个梦。

我再次唤起可悲的灵魂。生活是可悲的，我以自己经历了一

个又一个夜晚的惊讶和恐惧的灵魂，理解了里尔克，但必须看到，必须知道灵魂是什么。我常常因为疲倦，闭上双眼！啊！里尔克，教教我，好好品味充满柔情的每分每秒，把它们当作珍贵而独特的东西……

平静，是的，是平静，而不是死寂。我的生命已经结束了吗？要是我一定得这样继续下去，满足于放松和一些小乐趣，要是真的没有别的什么，那怎么办？我想要，想要……什么？眼泪，我想是这样，我已经很久没有哭了！

我重读了巴雷斯，同情菲利普，我不愿意自寻烦恼，人为地制造出那些可怜的热情……没关系，巴雷斯的不近人情和他明确的存在意识对我有很大帮助。纪德太遥远了，我受够了他的那些教条。

之后？还将这样继续下去吗？我能做什么呢？做自己不感兴趣的事；有机会的话，读自己想读并乐意读的书；交谈，散步，看戏，散漫地幻想，明确地思考一些客观的事，更有规律地取得智性上的进步、有更多的发现，可以的话多一些感动，没错，没错，没错……还有别的吗？自我剖析，娱乐，可我不敢对自己进行过多的剖析。此时此刻，我只有在对自我的崇拜中，才能找到最大的能量，因为这样能让我感觉到自己的价值，我也因此感到高兴（但丝毫不想利用这种价值）。

我喜欢莫里亚克笔下的"外省"，我喜欢在波尔多的花园里自我剖析的严肃又痛苦的少年，我想认识阿尔兰、莫里亚克……

我是这么说，可我清楚地知道，我太了解自己，而无法对任何其他人有所期待。哦！还是有期待的，比如智性上的乐趣，等等，不过都是很表面的东西。里维埃，傅尼耶……? 是的，无论如何，他们一直都是我的朋友。

去学希腊语吧。

美是永恒的；这就是为什么我们人类不想要老去的美。我们要的是今天的美，与其他日子的美相似，但又是全新的，就像一个女人美得与其他女人不一样。

……但不可能没有别的东西。如果绝对没有，在这一刻，一种新鲜的美正在诞生，但我会突然死去，因为人只有在精神的支撑下才能活着。

然而，我转向任意一边，却什么都看不到，无论是东边，还是西边。

若非最后一位建筑师已经死去? 毋庸置疑的是，我们的时代很奇怪，如同发生在垂死的人眼里。威胁萦绕着，缩小它的范围，与我们的影子融合在一起，吹拂在我们的脖颈间……

——德里厄·拉罗谢尔《思想的续篇》[1]

---

[1] 于1927年出版。——原注

四月三十日星期六

啊！我爱我自己，我爱我的生活。我刚刚重读了在这本手记上写的东西，结合这几天我对自身做出的一些思考，真的带给我一种美妙的飘飘然的感觉。如何把这一切都描述出来呢？

星期四，我与哲学小组的同学们一起进行了讨论，他们都很平庸，不过还是（有一定的价值）①。昨天，布洛玛小姐和莎莎来找我喝下午茶，我们聊了很长时间。我与宝贝蛋谈了两次，之后我对自己的认识更清晰了。终于，这两天天气放晴了，太阳照得暖暖的，希腊语的学习让我觉得很有趣。我的力量！我要为我的力量歌唱，我想要像某个叫里维埃的人一样骄傲、充满热情。昨天，我在图书馆门口，看着索邦大学的校园，我觉得如同科克托的《职业秘密》②中写的那样，我们突然发现了一些业已习以为常的东西。那些在阳光下散步的学生，似乎是被我的思想创造出来的。我感受到整个生命里向我袭来，曾经读过的书、喜欢的画通通涌进了我的记忆中。同样地，昨天我睡觉的时候：是我，是我自己处于这样的生命的中心，可惜这都是无用的，说这些话也不会带给我信心。

在人们描绘的所有精美的画卷里、撰写的所有精彩的书中，

---

① 晚些时候，西蒙娜·德·波伏瓦又添加了一个括号，补充了"有一定的价值"，在旁批中强调："绝对有一定的价值！"因为在这些同学当中，有梅洛-庞蒂。——原注
② 《秩序的召回》中四篇散文中的一篇。——原注

22

人们创建的思想和体系里，生活都是美好的，在其中生活着的睿智、敏感的生命，温暖日子里的灿烂阳光，灰暗早晨的凉意，也都在说生活是美好的，它是美好的，还因为亲切的同伴之情，深厚的友谊。生活因为我所拥有的这一切财富而美好！我是如此的富有！来自德西尔学校的小女孩，对这一切丝毫没有质疑，十八个月真的足以让你征服这一切吗？这么多诗句在我的脑海中吟唱！这么多画作在我的眼中，这么多科学在我的大脑里，在我的心中，这么多的人，我很高兴认识他们。……我想这很可笑，但在讨厌了那么多东西之后，而且我相信以后还会继续厌恶，难道我就不能为重新找回这样的自己而感到高兴吗？没有狂喜，而是平静，我相信自己，这个自己，我去年已经学着认识她了。我喜欢自己知道如何做到如此热情，喜欢自己从未"让任何事情夺走我的爱和生活"，尤其喜欢自己是如此的聪明！我知道我就是如此。我无论接近谁，都会发现我能更快地理解，更快地抓住那些深层次的、出乎意料的关系。在雅克身上，我发现了同样迅速的理解力。

仅仅就是这样！科克托说的对，"不要太聪明"，布洛玛小姐和宝贝蛋昨晚让我陷入了沉思。有一些人，我尊重他们，爱他们。加利克、德方丹①，我不太认识，但我设想着熟悉他们，还有那些与他们相像的人，甚至包括布洛玛小姐，他们忧思重，但

---

① 皮埃尔·德方丹（Pierre Deffontaines，1894—1978），获得法国历史和地理教师资格，他的父亲是一战中第一位战死的将军。1922 年至 1925 年间，他积极参加了加利克组织的团队运动。——原注

至少他们有着一些坚守的信念，他们以此为基础构建自己的生活。而且他们只需在这样一个坚实的基础上去绽放自己的生活就好……刚刚醒来的时候，我感觉自己多么想在这一个个灰蒙蒙的清晨立刻起床，怀着一颗平静又热烈的心，朝着自己认为有用的任务迈进，我只要完成这项任务即可。成为一把火……做善事……付出……当她跟我谈起贝尔克，谈起事业的时候，我觉得有些惭愧，因为缺少信心；因为尚未决定"如何生活"，因为内心的自私，这是一种极端的利己主义，其细微差别仅在于这利己是指向我所爱的人还是直接指向我自己。是的，昨晚，我很痛苦，为自己与他们一点也不像而难过，我原本也可以成为那样——也许吧。同时，我又告诉自己：有什么用呢？有什么用呢？其实，我一直处于矛盾的境地里：我觉得我是智慧的，可它能带来什么积极的力量呢？我想要做些事，之所以我会经常想到巴比尔或巴吕兹，那是因为我想像他们那样，醉心于一本哲学作品，我觉得自己有能力做好。我也觉得自己是有意愿的、有行动的能力，我想要在一本我信任的书里投入我所有的精力。做些事会带给我巨大的乐趣，尤其是因为我知道自己有能力把事情做得很漂亮。只是，这些需要好好利用的品质告诉我，号称有用的东西是多么的靠不住。是受了雅克的影响吗，还是只有我自己才是最真实的？要是我当初爱上的是加利克或者巴比尔，我是不是就能达到一种完全的平衡？或者说才会激发出这种批判精神？是不是应该先行动，而我也完全没必要问这个问题：为什么要行动？

此时此刻，我想到了我认识的那些人，或者更准确地说，想到他们带给我的思想，想到他们在生活中的处境，我考虑的不是这样的处境是不是他们的真实处境，而是从他们的起点出发用逻辑推理出他们的处境。我爱他们。我为他们之间存在差异而高兴。同时，我又与他们保持距离，欣然接受自己与他们不同。但与此同时，为了能"客观地"评判我自己，我将自己与他们作比较，然后问题出现了……

我有时会狠狠地批评雅克——批评雅克式的观点——这种不作为和怀疑论……然而，我将他视为最聪明的人，他的处境也是我的处境，这也是我唯一觉得真实的处境。说到底，我还是会因为对别人的确信不疑而不安，这着实可笑。我情不自禁地羡慕他们，因为与怀疑和不安相比，似乎在信任和幸福中，有些东西更为完整。但我也知道他们的上帝不存在……他们认为上帝是真实存在的，但他们的上帝无法满足我，我也一点不在乎。上帝能让一些人满足，但我无法相信上帝，我羡慕这些人，同时告诉我自己：他们是对的。为什么是对的？因为能保有幻想吗？一派胡言。我只要爱他们，享受他们与我的不同之处，但不要期望变得和他们一样。

而我，我是谁？我的统一性并不源于任何一种原则，也不源于任何一种我陷入的情感：我的统一性只会在我的心里形成。我无法定义自己，也无法把自己归类：我喜欢清晰，这一点很难将就，但我讨厌被贴上标签。并不完全是这样，我最喜欢的，并不是火热的信仰和伟大又简单的行为——这些都让我在感动中带着尊敬和崇拜，而是被浇灭的激情、追寻和渴望，尤其是思想、智慧、批评、厌烦和失败。是那些不会任人愚弄的人，他们尽管看透一切但依然挣扎着活下去。我爱的正是雅克，并不是另外一个人……

我喜欢那些最能令我痛苦的人与事。细腻的情感，高雅的思想，微妙的纠结，我爱的正是这些。与一个时刻反省、聪慧但又不那么迷恋于直白的真理、内心更单纯的人相比，我有时感觉自己是远远不如的。但要是我靠近那些与我相似的人，相反地，我又对他们怀着深深的同情，因为他们不知道我懂得什么，他们内心更大的平静需要某种不那么突出的要求或智慧才能实现。我什么都不相信。这才是一件可怕的事，而我必须要承认。甚至我连自己也不相信。我可以爱：爱生活，爱行动，爱雅克，爱不断变得更好的自己，并根据自己的喜好来行动，这样也使得我充满活力和激情。但对于爱情，我完全无法掌控，一旦失去，我便再也没有可以依靠的东西。我讨厌走马观花似的爱好，但从逻辑上说，我应该拥有的不就是走马观花似的爱好吗？到底在哪方面我与我所憎恨的怀疑论者相去甚远？但我确实离他们很远。因为我对待一切都很认真严肃，因为我的人生在我眼里是一件特别庄严的事。我不再忧虑了。存在即足够。

·读德里厄·拉罗谢尔《思想的续篇》。晦涩、生硬、令人反感，用一种动感又过于刚劲的风格写成的。优美的段落，尤其是开篇。谁会让我抛弃文学？赞美那些"比少女的身体更令人动心"的佳句是不是有点畸形？比起在美丽城的图书馆，对别人的同情和行动上的游刃有余让我无比放松，比起在巴吕兹的课上，那些朴素又美妙的思想让我为之心潮澎湃、血脉偾张，在一四三号的长廊，当雅克为我展开他喜欢的篇章时，我感觉更自如。阿尔兰、拉尔博、里维埃都是我的同类。我如何能不将整个生命都花在从美丽城到索邦，从索邦到所有我喜欢的书上！但日复一日地，我的自我变得愈加明确，不同的可能性也不愿融洽相处。我选择的人，就是我喜欢的人。我心里有许多个声音让我拒绝他，于是我转身去找了其他人。但若我熟悉他们，那么就一定会有更多的声音让我拒绝他们。而且，这一切，我都不会失去，我不会放弃任何一种财富。我相信我自己，我相信我自己。

里尔克的这本书啊！我想抄下每一页：有些时候，生活的面貌变得很奇怪，孤独，我们自己的内心隐藏着一些活动。做心理分析一直是我感兴趣的事，但这样夸大它，又能说明什么呢？沉默……面孔……还有死亡，各种不同的人的不同的死亡，恐惧，诗句，"存在于每一丝空气里的可怕"，特别是不想被人喜欢的浪子，溺亡者的表情，带着微笑的脸和明了一切的脸，年轻人和荣耀，他的疾病：当他被自己压垮的时候，他会呼喊。

至关重要的是活着。这才是最为重要的事情。

这里有很多人，但是这里的面孔更多，因为每一个人就有许多面孔。有一些人长年累月总是戴着同一张面孔——它会自然地变旧、变脏，在起皱纹的地方皴裂；它会拉长，就像一个人在旅途中戴破的手套。

我们每个人的死都一直裹藏在我们自己的身体里，就像是一粒水果里面包裹着它的果核一样。

每个人都拥有它（死亡）。

……因为那些还只不过是回忆中的事物。只有当它们转化成了我们体内的血液，转化成了眼神和姿态，难以名状，而又跟我们自身融合为一，再也难分彼此——只有到了这个时候，只有在这种极其珍贵的时刻，一首诗的第一个句子才会从其中生发出来，成为真正的诗句。

有没有可能一个人拥有一个"上帝"却从不用"他"呢？

不管重新出现的是什么，随之而来的总是记忆的混乱和失常；杂乱无章的记忆就像潮湿的海藻缠附着长眠海底的沉船，伴随着那重现的症状而产生。从未体验过的生活浮上水面，跟实际存在的生活缠搅在一起，以致把你自认为熟悉的往昔的一切通通抹去：因为上浮出来的是一股生气勃勃的、经过养精蓄锐的力量，而那些一直在那里存在的东西，却由于过多的回忆而变得精疲力竭。

我认为不会有实现，可有些长期愿望会持续一生，甚至让人等不到它们的实现。

……隐约觉得生活就是这样：充满了奇怪的事情，只为一个人而存在，无法言说。可以肯定的是，我的内心正一点一点地滋生出一种悲伤而沉重的骄傲。我想象着我们可以来来去去，带着秘密和沉默。

他所需要的却是内在精神上的冷漠；有时候，比如说某个清晨在原野上，这种内在的冷漠会彻底将他攫住，使他撒腿狂奔，跑得上气不接下气，简直忘记了时间，甚至没有片刻意识到时间是早晨。他尚未经历过的人生的秘密，在他面前铺展开来。不知不觉间，他离开了小路，通过广阔的原野；他张开双臂，仿佛张得越宽九月是能让他同时拥有很多个方向。

……其他的事情，家宅都会做的。一旦你置身于家宅特有的氛围中，大部分事情早已被确定了。细枝末节的事情虽然略有变化，但就总体而言，你仍然是大家心目中的那个人；对那个人，家人早已根据他短暂的过去和他们自己的意愿，为他规划了一种人生蓝图，一种大家共同拥有的人生；这样的人生，无论白天黑夜，都包裹在他们爱心的影响之中，处在他们的希冀与猜疑之间，并时时面对他们的赞美或责怪。

他们倒好，全都站在暗影里，却让他一个人置身在灯光下，遭受着拥有一副面孔的全部羞惭。……过不了多久，他就会明白：为了不把任何人置于被爱的可怕境地，他当时是下了多么坚定的永远不再去爱的决心……也许他可以留下来，不再离开。因为，他一天比一天更加清楚地认识到，他们那么为之自豪、并在暗中已知相互鼓舞的爱，对他毫无影响。

……从远处看，你已经能看出这种欢愉只对自己以外的人有好处，这是一种完全陌生的欢愉，你甚至不知道它能有什么好处，它是如此陌生。

——里尔克《马尔特手记》[①]

五月二日星期一

我读了陀思妥耶夫斯基的《群魔》，还有《死魂灵》，这些深刻反映人性的俄国小说写得太棒了，令我赞赏不已——只有他们才是懂得创造生活的人。与他们相比，巴尔扎克显得粗俗、做作。不过《高老头》还可以，但《白痴》！

莫里亚克的《苔蕾丝·德斯盖鲁》，我多么理解女主人公！我多么理解她！无论怎样的举动，只要能打破日常生活讨厌的熟悉感就可以。这也是莫里亚克最简单也最令人悲伤、令人感动的作品之一。

———————

① 译文引自里尔克《马尔特手记》，曹元勇译，北京十月文艺出版社，2019 年。

还要读的书有：《阿德里安娜·梅叙拉》《保卫西方》《爱丽娜》。①

昨天白天，先和莎莎一起去了杜伊勒里沙龙②，而后一个人。边走边期待着能令人眼前一亮的作品，眼前尽是精美的画作，我在一个个展厅里转了一圈又一圈，就为了更靠近些，不停地发出惊叹，最后回到家依然陶醉在形状、色彩之中，真是太快乐了，这种陶醉一直持续到今天，连哲学课（我做了讲座，受到了雷伊③的赞扬，迷人的白痴，等等）都无法使之平息。尤其是这样一种情感：这些人是为了我来到这里，他们乖乖地等着我来见他们，我是一个人，而我有整整三个小时可以对他们一一询问。很高兴能再见到认识的朋友，也很高兴被一个陌生人拦下，我们刚要默默走过的时候，他突然碰了一下你的肩膀。我还是有点不太相信自己的艺术眼光，但至少我非常清楚一幅作品为什么让我喜欢或者让我不喜欢。

三大心爱之作：

马蒂斯的《舞者》④，人物穿着白色长裙，旁边是整块的蓝黑颜色——只有马蒂斯的油画才能给我一种完整的感觉。这是有意为之，而且他做到了。

---

① 朱利安·格林的《阿德里安娜·梅叙拉》(1927)，亨利·马西斯的《保卫西方》(1927)，拉缪的《爱丽娜》(1927)。——原注
② 杜伊勒里沙龙于 1927 年在马约门的德布瓦宫举办，该处为一座临时建筑。——原注
③ 她的一位老师，皮埃尔·拉谢兹-雷伊，康德研究专家。——原注
④ 亨利·马蒂斯 (Henri Matisse，1869—1954)。——原注

塞韦里尼①的头像，尤其是黑色衣领的那幅，衣领上的褶皱与头发的弯曲相应和，有一种精确与严谨之美，犹如活生生的定理。很理性，但不抽象，也不给人纸上谈兵的感觉。吉他和风景的表现有些奇怪，我没那么喜欢。

瓦罗基耶的女人，挂在两幅成功的风景画当中，但也只有这两幅（对瓦罗基耶来说）。女人的眼神、微笑都画得很灰暗、很细腻，还很隐秘。我要好好地花上点时间问问他。

我还喜欢：安德烈·洛特②的漂亮黑女人，画得很精美，两幅风景画也很美，马约尔③的舞者脸色粉嫩，头发乌黑，穿着泛白的短裙，法沃里④的裸体画，明亮又干净。

弗拉曼克⑤的三幅画（《戴高帽子的男人》《暗街》，尤其是《静物》，银黑相间，颇有些神秘感）。

我讨厌德瓦列埃的画。莫里斯·德尼也同样用原色来表现耶稣（画家们为什么都会在无话可说的时候选择画画？为什么他们要在十张画板上画同一幅画？）。盖兰的画还是具有自己的风格（让人生厌的十八世纪的油画，肖像画很不错，但让我想起了秋季沙龙上的吉他手！）。贝纳尔的画让人肃然起敬。

① 吉诺·塞韦里尼（Gino Severini, 1883—1966）。——原注
② 安德烈·洛特（Andre Lhote, 1885—1962），法国画家、艺术评论家，自1917年起为《新法兰西杂志》撰写专栏。——原注
③ 阿里斯蒂德·马约尔（Aristide Maillol, 1861—1944），法国画家、雕塑家、素描画家。——原注
④ 安德烈·法沃里（André Favory, 1888—1937）。——原注
⑤ 莫里斯·德·弗拉曼克（Maurice de Vlaminck, 1876—1958）。——原注

于特里约①的三幅风景画，我无法一下子就喜欢上——马瓦尔②的画（白色的花，穿着黑衣的年轻女孩），人们马上就会说看出这是一个女人，不是一位画家。

我忘了还有一幅格罗迈尔的画很好，色彩冷淡，大幅的，但真的很棒很棒，比我从前见过的他的画都要好。

对于熟悉的画家，我看得很快，拉杜洛，德赛，基利维克③，沙博④，弗朗德兰⑤，对他们，我没什么可说的，真的没什么。

其他人呢，那些不认识的？首先是博萨尔⑥的三幅裸体画，我很喜欢，很喜欢，尤其是那幅高个女人半裸着，伸展手臂，搭在绿色帷幔上。没有几何图形，没有棱角，但是……还有整体的暖色调……总之我很喜欢。

康拉德⑦的《磨坊》，展现了布鲁姆笔下掩映在深绿色大树之中的一栋褐色房屋。邦帕尔⑧的一艘搁浅的小船，有些奇怪，尽管色调粗糙，却充满了吸引力。

---

① 莫里斯·于特里约（Maurice Utrillo, 1883—1955）。——原注
② 雅克琳娜·马瓦尔（Jacqueline Marval, 1866—1932），野兽派代表女画家。——原注
③ 勒内·基利维克（René Quillivic, 1879—1969），海景画家。——原注
④ 奥古斯特·沙博（Auguste Chabaud, 1882—1955）。——原注
⑤ 伊波利特·弗朗德兰（Hippolyte Flandrin, 1809—1864），安格尔的学生，官方学院派画家，拿破仑三世的肖像画家。——原注
⑥ 鲁道夫·泰奥菲勒·博萨尔（Rodolphe Théophile Bosshard, 1889—1960），瑞士画家。——原注
⑦ 康拉德·基克特（Conrad Kickert, 1882—1965），来自蒙帕纳斯的荷兰画家，总签他的名而非姓。——原注
⑧ 皮埃尔·邦帕尔（Pierre Bompard, 1890—1962），海军官方画家。——原注

莱热①的画很有意思，但在我看来装饰的成分过多。把各种不同的物品堆砌在一起，不是作画，而且绘画中是应该有文学的（《一个人的思想》）。基斯林②的六幅画，我很喜欢。我感觉这里的画更老练，跟大皇宫里的画相差不大。这些画中的女人稚气未脱，头发乌黑，脸色红润，眼神惊诧，带着微笑或者害怕，我们如何不被这样的肖像画打动呢？还有一身绿衣的女人俯身向着一朵玫瑰……包裹在披肩里的金发女人……我不想讨论我的喜好。我原是看着这些画作会落泪的……

迪马尔博雷③的画：漂亮的狗，生动有力的风景画。（很多风景画，屋顶和窗户的效果那么流畅！有很多幅画都获得了一致好评……很流畅。）

萨瓦奇④的画，我很感兴趣：这亮黄色部分，突然明亮的颜色（斗牛）。对我来说并没有太深刻的东西，但我被吸引住了，很感兴趣。

穆瓦塞莱⑤画的港口灰红相间，我很喜欢。

碰巧还看到其他一些：阿曼-让⑥，紫罗兰，很可怕。

莫里塞⑦（佩罗的《童话》），漂亮但过于简单。

---

① 费尔南·莱热（Fernand Léger, 1881—1955）。二战德占领土光复后，他成为波伏瓦的朋友，并且送给对方一幅自己的画。——原注
② 莫伊兹·基斯林（Moïse Kisling, 1891—1953）。——原注
③ 让·迪马尔博雷（Jean Du Marboré, 1896—1933）。——原注
④ 莱奥波德·萨瓦奇（Léopold Survage, 1879—1968），俄裔法籍画家。——原注
⑤ 加布里埃尔·穆瓦塞莱（Gabriel Moiselet, 1885—1961）。——原注
⑥ 埃德蒙·阿曼-让（Edmond Aman-Jean, 1858—1936）。——原注
⑦ 弗朗索瓦-亨利·莫里塞（François-Henri Morisset, 1870—？）。——原注

基利维克两幅精美的画作，尤其是布罗的画，我非常喜欢。

布里昂雄①的《马戏团》。

马塞尔·勒努瓦尔——德皮若尔②——德洛姆——舍卡夫（？）③（突然吸引住了我，但我觉得这幅画有点讨厌：海洋，面包，小阳伞和帽子）。比西埃（可怕），克莱尔·法尔格（肖像画）。德尼耶：《摄影师家的婚礼》（文学，海关官员卢梭的赝品，很可怕）。

格卢肖诺，等等，等等。

我得一个月之后再来一次，不过再来之前先读一些评论性的文章，找找方向。我记得：塞韦里尼、马蒂斯、洛特、瓦罗基耶让我高兴。博萨尔、萨瓦奇、基斯林对我有所启示。

今天和高师的学生们一起在巴黎闲逛：我看到了一幅于特里约的作品，一幅基里科④的作品，一幅毕卡比亚的画（斯波伦汀？），超现实主义的作品，一幅布拉克⑤的画，凡·东根的画很迷人（女人站在椅子上，在草坪上——绿色的弹珠毯子）特别是，藤田嗣治！藤田嗣治！藤田嗣治！

啊！巴黎！

---

① 莫里斯·布里昂雄（Maurice Brianchon, 1899—1979）。——原注
② 让·德皮若尔（Jean Despujols, 1886—1965）。——原注
③ 该词难以辨认。——原注
④ 乔治·德·基里科（Giorgio de Chirico, 1888—1978）。——原注
⑤ 乔治·布拉克（Georges Braque, 1882—1963）。——原注

五月三日星期二

我见了默西尔小姐。我想，还是一起喝一杯柠檬汁吧。我试着继续写小说，而不是学习希腊语，不过天气实在太好了，太温暖了，让人不禁想要用美妙的语句去点缀那些动听的故事。词语和谐地串联在一起，形成了一种魔力。在文学的世界里，自娱自乐，这是件多么疯狂的事……

重读我去年写下的东西，真让人难过！那么青涩、充满活力和勇气，因为我满怀信心。相信什么呢？或许就是相信生命吧。我非常需要去英国待三个月，冷静一下。

五月六日星期五

不，不要再为已经流逝的过去自怨自艾。好好活在当下。若是我知道该这么做，那么一切都变得美好起来。今天早晨，有一瞬间，我觉得很奇怪，似乎内心的回声并没有完全消失。我刚刚又和巴比尔见了面，他自然而然地走向我，他说话慢悠悠地，眼神冷峻，似乎在内心深处探寻自己的思想，还有这微笑，在严厉的眼神底下显得那么友好，充满人情味和智慧。他与我谈起了我，谈起了哲学和文学，对自己这方面的兴致丝毫不加掩饰。而在闷热的图书馆里，学生们只是一些微不足道的笨蛋，有一瞬间，我感觉自己手里握着一种全新的人生。只要这一切持续下去，那么这便是真实的。我想到了本应该在我们两个之间存在的爱情。在对他的爱和对雅克的爱中间，我看到了我自己。好吧！过去不再牵绊着我，一种全新的过去在我心里绽放，绚烂无比，我喜欢这一过去……如何会变成这样？这不是思辨，不是推理；也不是幻想、想象；而是一瞬间就变成了这样。还是有一点……我的人生不再是一条规划好的路，不再是从我出发的时候就可以探知一切的路，在这条路上只需要按部就班地走。这是一条未曾有人走过的路，只有用我的每一步才能开辟。我又想到了巴吕兹的课，想到了叔本华：实证性，可理解性。是的，唯有通过自由的抉择，在各种境况的作用下，真正的自我才会被发现。我对默西尔小姐说，不是我在做出选择，选择常常是自己形成的，而且每当我意识到这一点时，还会继续如此。事实就是如此！好吧！今天上午，我选择了巴比尔。一种确定的选择的可怕之处在于，我们投入的不仅仅是当下的自我，还有未来的自我，这就是为何婚姻说到底是不道德的。我们必须设法确定不断变化的自我中最常重复的是哪一个，我们必须对自我进行某种抽象，并对自己说：这种状态就是我的常态，这就是我最常想要的状态，因此这对我最合适。一开始我们可能会弄错，但千万不要搞混，"常常"并不代表始终如此。（因此我从未像现在这样理解了克洛岱尔写的这句妙言："对于这种比自我更必要的状态，只有一种办法，那就是让它永远是最强大的。"是的，但代价是，牺牲所有没有选择这个却也同样重要的其余一切。）显然，这一确定的选择，我不会提出质疑，但对今日的我而言，更合适的是巴比尔，而不是雅克。

一瞬间，我获得了自由，我经历了这些：我，为了征服我的陌生人，抛弃了那个带给我许多温柔回忆的朋友。其实，他如果爱我（没有危险，因为他爱这个棕色头发的年轻女孩），我不知道我是不是不会爱他。我不知道我是不是能放开雅克。是的，但雅克会重回舞台，他其实已经远离我的视线长达十五天，远离我的心更久（这并不意味着我不爱他，只是像一位很亲密的朋友，不再去思念他，而且我觉得不需要彼此是好事）。非常复杂。我内心的种种可能性，我必须一点一点地把它们统统掐灭，只留下一种。我就是这么看待人生的：童年时期的无数种可能性，一点一点地消失，到了最后一天，只剩下一种现实，我们只过一种人生。但这就是柏格森所说的"生命冲动"，我在这里又发现了这种冲动，它不断分裂，放弃一种又一种的倾向，最后只有一种才能实现……

曾经有一种可能性是作品-加利克，等等。这种可能性已经消失了，是雅克将之掐灭的。当我看到布洛玛小姐，当我重又认真审视一段回忆的时候，我很后悔。但这又有些做作，我完全不是因此而形成的，是经历塑造了我。还有业余爱好-艺术-雅克-平静这种可能性：一开始，它那么抵触我，它又强加于我，后来又满足了我，它常常压得我喘不过气来！严肃-苛刻-哲学-巴比尔的可能性：哦！它那么有吸引力，我需要实现内心所感受到的，需要做些什么，需要相信些什么。我对知识的热爱，我对待哲学的严肃！雅克微微一笑，便使许多事推翻重来。我们一般可以从智慧的角度来说明一切的虚妄，可若这些事变成了活生生的存在呢？雅克会这样说，在无数个我与他相似的日子里，我也会这样说：既然知道什么都找不到，把生命耗费在哲学上还有什么用？可若我就是喜欢这样徒劳无功的追寻呢？我无法下决心什么都不做，过一种闲适的生活。不！我不愿意！我只有一次人生，我有很多事情想说。他不会剥夺属于我的人生……一会儿，明天，我无论是厌倦或是被他的魅力所俘获，我都会对着他大喊，请求他的原谅。可是不，我不应该觉得羞愧：我的自我不会任由他的自我所吞噬。这太可怕了！今年，我什么都没干（在个人思考上），因为在他身边过着平静的生活，这样的画面告诉我，竭力过另一种生活是无用的。一旦我拥有了这样的生活，一旦我做到了、安顿下来，我还会干得更少。这才是最大的失败！哦！我如此心甘情愿地为了他所牺牲的不是自己的成功，不是作为知识分子的辉煌未来！而是我是谁的问题，但他阻碍我成为这样的人。为什么？因为我像他一样思考，因为我没有任何支持，因为我不知道自己想要的是什么。我不知道，甚至现在都不知道。要是巴比尔爱我就好了！要是我们还能"不受约束"地走向对方，该多好！我原本想要在他严肃的守护下工作，思考，寻找真理……我说我爱他，还需要说什么呢？这个词本身有意义吗？我想，他吸引我的是他的霸气、他的强势，他的眼神中折射出的光芒就足以让你前行，而不是像雅克那样不把自己强加给我。与巴尔比亲近之后，我会不会也在他身上发现同样的弱点，或许几年之后，雅克会不会也同样坚定？（说起来，他永远不会知道我对他的爱有多么深刻，而我的无动于衷又到了怎样的地步！）我了解他，他的整个人：他聪明敏锐，情感细腻，整个人、整个灵魂都是优雅的；我看到了他的温柔似水，而我对他也爱得深沉。但我已经觉得这种眷恋不再是爱……（或许以后会重燃）。因为我们之间再也没有什么可以互相诉说。这也是我做出的评判。

　　我写了些蠢话。但这些也都是事实，我会嫁给雅克，不是出于自由的选择，而是各种境况把我们拴在了一起。我原本可以爱上另外一个人，或许拥有一份更适合我的爱情……我在这里说的话很残酷，也不一定完全是真的，并不会比写下的激情满满的几页纸更真实。我知道，对雅克的爱给我带来多么珍贵的东西，他无与伦比的魅力，他的温柔。如果我郑重其事地思考，如果我对巴比尔和雅克有相同的了解，那么或许我还是会偏爱雅克。这是实话。

　　我不爱巴比尔，因为此时此刻我不希望爱任何人，因为当我想到我再也见不到他的时候，我一点也不伤心。但我觉得如果我想如去年爱加利克那般爱他，如果我常常想起他的脸庞，那么我会重燃那份曾对加利克和雅克怀有的疯狂的激情。我从未对自己如此坦诚过：难道这就是爱吗？没什么，没什么，我还会回到这个想法上。敏感、幻想、疲惫，竭力想依靠另一个人。喜欢探究另一个人的秘密，需要去崇拜，惊叹……这些，我不明白既然不一样，这些为何不能一次次地重复……如同对于书，对于画，对于那些我们可以慢慢爱上的东西。感觉自己内心又有了这种感情，感觉一个完整的故事如此丰满，即使它无法成为现实，我也不会有任何遗憾，这样的感觉让我欣喜若狂。友情是需要付出代价的，这就是为何我和加利克之间发生的一切让我如今这么冷漠，这就是为何哪怕我停止爱雅克，我们之间也一直会保有对彼此深深的信任和知道对方存在的欢喜①。我希望巴比尔是我的朋友。（哦！要是我在他身边，我的生活会变成怎样？研究哲学、文学，喜欢思想但绝非那些我鄙弃的知识分子，怀有理想，严肃，快乐，年轻，坚强，和他一起工作，在他的指引下成长。）我再也见不到他了。更糟糕的是，我再也不会想念他。这是一份原本可以存在的爱情，至少能让我留存回忆的爱情，这份爱不在了。

星期五我将见到他。我会对他说"我想跟您聊天"，他会给我建议。我会对他说："从智力的角度，我感觉很孤独，完全迷失在人生的入口。我摆脱了所有的成见，开始行动，文学、哲学，随意寻找一个方向。我觉得自己是有价值的，有一些事要做，有一些话要说……可我的思想转向了虚无：该把思想指引向何方？如何打破这份孤独？用我的智慧可以实现什么？"还有："您相信这些责任对我们来说是必须的吗？您相信我们必须实现

---

① 之后加了旁批："是的。"——原注

某个目标，或者只是安于过一种闲适的生活？我在决定自己人生的那一刻，陷入了巨大的悲伤之中。我能用人们所谓的幸福来让自己满足吗？还是应该朝着这一吸引我的绝对迈进？用您的经验来帮助我吧，告诉我可以向生活要求什么，生活对我们的要求是什么。我跟您说话如同对着一位长者，您拥有一些确信的东西，如同克贝对西米亚斯，而我就是一个'面对一堆未知之物的新人'，您拥有力量。"我会告诉他这些，我将试着让他明白，让他回答。

如果说让我爱上他取决于我，我会这么做吗？答案是肯定的。我会毫不犹豫地重新考虑一切。

这就是为什么我开心、年轻，而这原本是一件让人伤心的事。因为再没有什么是确定的，因为我只是下定决心完全按照自我来行动。

五月九日星期一

夜晚，在肖蒙山丘公园，我真的为这个将不复存在的自我而哀叹。而今晚，与德方丹的相识让这个夜晚变得格外迷人，同时也使我感受到巴比尔会让我为他牺牲了多少。第二天，我又见到了雅克，他开着一辆漂亮的车兜风，我也明白了我是多么屈从于他。这一天太奇怪了！在热乎乎的街头，享受了这份愉快的伙伴情之后，我和列维在卢森堡公园聊天，而后又去上了巴吕兹的课，他跟我们说起了那位骤然离世的"帅气又深刻"的同学，大家都很感动。昨日，伊奥尼小姐说起了帕里奥的死，我为这种信仰之间的差异而揪心，巴吕兹说的那些话毫无意义，却令人心痛。啊！他们要还在该多好！可惜没有，星期六晚上，我就感觉到了，在我"上这节从前他每次都会在而今天却不在的课"的时候，可现在什么都没有了。一个存在所代表的千千万万种意识状态消沉了！无可替代的一个存在，陨落了⋯⋯无可挽回⋯⋯在死亡面前，我感受到的不是人的伟大，而是人的渺小。不可能说所有的一切都是重要的，其实一切的毁灭是那么迅猛，又如此不为人所察觉，因为哀叹的人也会继续活下去。由此，我觉得爱情是一样美好的东西，至少它能确保当一个人死的时候，其爱人也无法独活。只是有前提条件，他必须足够地爱对方，唯有如此，具有无限意义的另一个人的生活才能给他的生命带来无限的意义⋯⋯

另外，一个年轻生命的逝去，是悲惨的，可他要是活着，是不是会更悲惨？此时此刻，在这个意义上，我拥有着我梦想的人生，我很幸福：团队的吸引，我们做的善事，相处融洽的同学，索邦大学的魅力，那里认真交往的朋友（我所在的哲学小组，智性上的互相交流），书籍，戏剧，周五在拉波埃西街看了两小时的画展，还有时间的美好，雅克和我对他深深的思念，还有我自己，令我如此快乐的、重又找回的自己！可当我静下心来想一想，我能感觉到，围绕在我身边的是怎样的悲剧！千千万万种意识状态，叔本华，他们既在生命中消失，也在死亡中消失，而且后者更加痛苦。这位年轻人将来会做什么，他会如何实现自己的梦想，如何实现自我？在他的人生道路上又会放弃多少人，多少事……生活是如此虚妄，以至于为了不因这种虚妄而大喊，人们不得不紧紧抓住幸福，不让自己去想它，而幸福从来只是一种消遣。［旁批：一九二九年五月——不，用尽全力，我都要说不。生命是唯一真实的东西，因为死亡是不能被思考的。］

列维帮我分析了我在巴比尔身边的感受：要是人们爱众生，像我们爱众生那样，并不是爱他们的智慧或爱其他，而是爱一些更深刻的东西，爱他们的灵魂，如何才能证明一种选择是对的呢？我们一样爱他们：他们就是一切，完美无缺（存在＝完美）。那为什么会一直渴望更靠近些呢？是为了了解他们，这样才可以更好地爱他们真实的一面。令人惊讶的是，大家并不是爱他们所有人，相反，只会偏爱其中的一个。因此对于雅克的那些朋友们，他这么对我说："他们比我出色"，我的心头划过一些尖锐的东西，或许就是我对他们的爱。我觉得我爱雅克，也同样爱他们，因为他们每个人都是与众不同、不可替代的。这不是一种智性上的爱，而是灵魂之爱，我自己对他们所有人的爱。

这告诉我选择是很痛苦的。它就是这么痛苦。啊！这是因为在所有美好的事物，所有我们为之哀叹的事物之中，总有一种是离我们的心更近的。我不应该只选择自己而忽略他人，我常常感觉到这种奇怪的疏离，然而我也知道我已经把这种奴役变成了

44

一种偏好，它把我禁锢在自己的世界里：是的，我为他人牺牲自己的幸福，但我不愿意成为他人。这才是关键。若他是另一个我，我因为他是一个活生生的人而更爱他，但若他是另一个我的其中一面，我对他的珍视会超过对任何一个其他人。从这一点说，这一选择也是件好事。什么都没有解决，因为我们囿于两个人的世界中，我们也是封闭的，但可以互相支持。

如果雅克知道从我对他的爱出发，我提出诸如一个还是多个，有限和绝对，想法和成为等问题，他会说些什么，想到此，我觉得很有趣。他可能不理解，因为很少有人能够明白什么是感受思想，因为一种没有动真感情的爱也不会是一种经过思考的爱（事实上经常不是前者就是后者）。但这里有一个更为深刻的问题，我出乎意料地再次面对去年的思考，关于这个无法言说的自我的问题。

五月十一日星期三

星期天去看了马戏。昨晚去了作坊（《您想不想和我一起玩？》《安提戈涅》①）。天气一直很好，生活非常美好。索邦大学里到处是熟悉的面孔，很让我向往。每一个我接近的年轻男孩，我都会暗自发问：你和雅克一样好吗？倘若我真的觉得他们

① 分别是马塞尔·阿沙尔 1923 年创作的戏剧和科克托 1927 年创作的戏剧，在杜兰的剧院作坊上演。——原注

很好，但比不上雅克，我会很高兴。骗自己没有用，我的一生也许都会臣服于他露出的这种微笑，他对自己的肯定。昨日，在当古尔广场上，夜间的凉风里，我又感觉到了他的存在。他的生活，我可以不喜欢，而他，我会永远爱。［旁批：一九二九年五月——我的想法（！）发生了这么大的变化，可我的心里还一遍遍地重复着同样的话！……］

我说：微笑，因为在他的微笑里，我读到了他内心略带讽刺、又爱幻想的灵魂。我痛苦，只因为我看到一个人没有发挥他的价值，因为他无事可做，正如斯宾诺莎说的，只能观察所存在的。但若从价值本身来看，我会为这种价值存在而高兴。为何有时要用这种价值去解释奥伊肯在字里行间描绘的如此令人同情的生活悲剧，我抄录过那些段落：争取更高级生活的动力与历经千辛万苦征服的人生所带来的全然的空虚之间的矛盾。这就是存在的荒诞之处，我们必须在虚无中苦苦挣扎。哦！又如此轻易地爱上他，有时我也知道我会这么做的。我只知道：无论我渴望什么，我的爱都应该设有界限，那些与爱情无关的东西也不应该因此被牺牲掉。

这些天，我含着泪明白了拉缪的话："我所爱之物并不相互有爱。"雅克排斥巴比尔，巴比尔排斥加利克……星期一，我和阿兰的学生①交谈了，他在很多方面都给了我启发。（这是个帅

---

① 指让·米盖尔。——原注

气的男孩儿，足足两个小时，他激昂地对我说着过去一年，如何在一位"大师"的指引下学习。）他教会了我很多。阿兰说："好好思考就是同义叠用。一旦开始思考就会好好思考。"这个男人带着对一种对知识的绝对诚恳（即他的全部伦理［还有斯宾诺莎］）去追寻属于他的真理。他不构建体系，他也不善言辞。对他而言，哲学是每个人的个人作品，甚至就是每个人的人生。他不需要为形成外部的统一而努力，他就是自身的统一。

昨日，默西尔小姐深刻剖析了何为精神生活，谈到同时维持经验和现实如何困难；谈到消耗，谈到一旦整体的论述被推翻，对于那些没有力量从头再来的人来说是多么可怕。我必须要能重建。我想要生活。因此我必须有能力生活。正因此，我必须形成属于自己的统一。

我不应该把时间耗费在别人的思想和别人所做的事情上。我认为这是有深刻含义的：其他任何一个人的想法，我都不关心。我想说的是，我应该采纳属于自己的价值体系，而不是用别人的体系来做出评判。这是我迷茫的地方。我必须沿着自己的方向走，一往直前，精神百倍。根据自我来生活，而不是根据他人。我就是我自己，我应该直接根据这一自我来行动，以确定自己的行为，我不应该操心他人所建立的价值，这些价值对他们来说是合理的，但对我来说并非如此。我这个人与我所喜欢的并不能画等号。应该根据我是一个怎样的人来生活，而不是根据我所喜欢的东西来生活。向前走，不要回头，不要总是犹豫着是不是选另外一条路会更好。无论选择怎样的一条路，即使选错了，只要我坚持到底，我就会到达终点。而且，只有当我无法到达终点的时候，这才是一条选错的路。可终点在哪里呢？

没错，我知道我对人生的希求是什么：自我实现。有人会说，这没有用。当然。欧几里得的公设也不是百分百确定的。而且，任何一种判断都是荒谬的，这是从比智力更深层的东西而来的一种倾向。这才是我存在的法则。做些什么并不是我渴望的。作品之所以吸引我，只是因为我在其中能施展能力，而不是因为有一天它会作为一个成品呈现。但为了成为某个人，也不应该相信雅克说的，只要躺着睡睡觉就能成功。

这一点很重要，让我们驱散所有模棱两可。他应该这样回答每一个让他起身的人："谁强迫我这么做？"任何一条法则都无法从外部强加到我们每一个人身上。那些依靠外部原则的人就是"野蛮人"。甚至从这一点就可以辨识出谁是野蛮人。当我们超越这些野蛮人，我们便开始"摧毁偶像"。而一旦偶像被摧毁，我们可能在内心听到一种深深的呼唤。也有可能什么都没有。当我们评判一个人的时候，必须非常谨慎，不能搞混，是不是闭上了圆环，这才是问题的症结。如果这是一条外部的规则，我们总是可以去打破它。但如果一个人说："这是我自己的法则"，那么否认这条法则就和否认这个人一样愚蠢。（这让我确信批评并不会妨碍我所想持有的立场。）

无论我们流多少眼泪，最后都会自己擦干。

——海涅

性格发展这些特性的方式可以比作身体在无意识的自然状态下表现自身特性的方式。水仍然是水，具有其固有的特性。但是，当它作为平静的海，反射着它的海岸；当它在岩石上汹涌澎湃，当它像光束一样人为地喷射到空中时，它就会受到外部原因的影响：一种状态和另一种状态一样，都是自然的。但是，根据具体情况，它是这样的，也是那样的，同样可以进行各种蜕变，但在任何情况下都忠实于自己的特性，除了自己的特性之外，永远不会表现出其他任何东西。同样，每个人的性格都会根据具体情况表现出来，但最终的表现也会随环境的变化而变化。

存在本身就是一种持续的痛苦，时而令人悲叹，时而令人恐惧。

世界作为一种表象，为意志提供了一面镜子，让它能够看到自己。

有时，当我们想起已经过去的数千年，想起生活在其中的亿万人，我们会问自己：他们曾经如何！那么，我们所要做的就是唤起我们过去的人生，在我们的想象中唤醒过去的石头，然后问自己另一个问题：那曾是什么？曾经的一切又变成了什么？因为这个问题和之前的十亿人的问题是一样的，除非我们认为，过去会因为死亡而获得新的存在。但是，我们的过去，即使是最近的，即使是昨天的，也只不过是我们想象中的一个空洞的梦；同样，千百万人的存在，所有这些是什么？这就是今天吗？

为何会有这个当下，属于我的当下，它就是当下吗？

我们必须认识到，现在是意志展现自身的唯一形式。我们无法夺走它，就像我们无法将它与意志分离一样。那么，如果一个人对生活的现状感到满意，并以所有的纽带依附于生活，他就可以毫无顾忌地将生活视为无限……任何一种生活都以现在为形式……反过来说，无法承受生活重负的人也无法通过自杀来获得解脱……生活的形式，就是无尽的现在。

个人的生存被禁锢在现在，而现在又永不停息地流向过去，他的生存就是不断坠入永恒的死亡……生存不过是现在不断转化为没有生命的过去，是永恒的死亡。

人生就像钟摆，在痛苦和无聊之间摆荡。人们把所有的痛苦和磨难都放在了地狱里，而最后发现只能用无聊来填满天堂。

让每一个人忙碌的，让每一个人处于运动中的，是生命的欲望。那么，一旦生存得到了保证，我们却不知道如何利用它。

当巨大的不幸——想到它就会让人害怕——降临到我

们身上时，我们的情绪会在第一波痛苦过去之后，不自觉地恢复到之前的状态；相反，当我们终于获得了渴望已久的幸福时，我们并不会发现自己比以前过得更好或更满意了。只有当这些巨变降临到我们身上时，它们才会以不同寻常的力量袭来，直至达到极度悲伤或令人心花怒放的喜悦，但这两种效果很快就会消失，因为一切都源于幻觉：这两种效果的产生并不源于当前的快乐或痛苦，而是来自对真正崭新未来的希望，我们通过思考预想未来。

这就是人类：钟。一旦上了发条，就会不问缘由地摆动。

真正的友谊往往是自爱和同情的结合体。

让我们哭泣的，不是我们自身的痛苦，而是一种外来的痛苦。为什么？因为我们在想象中设身处地地为遭受痛苦的人着想；我们在他的命运中看到了人类的共同命运，因而也首先看到了我们自己的命运；所以在走了这么多弯路之后，我们终于为自己而哭泣，为自己而感到怜悯。

——叔本华

五月十三日星期五

昨天下午我和列维小姐在她家里交谈，昨天晚上和雅克下棋，刚才和巴比尔说了几句话，而现在我独自一人在这图书馆里流泪。巴比尔对我来说什么都不是，列维很聪明，但离我很远，因为她只想着玩，雅克是我亲爱的朋友，可我们的爱不是都已经让人厌倦了吗？我们两个人都这么苛刻！两个人真心相爱，包括爱对方的弱点，也是一件好事。但看到这些弱点，是如此令人痛苦。还有什么吗，只有这些！最终……因此我想要生活，想要自我实现，因为现在对于生活，我已经知道了所有能够知道的，接受并理解了一切。因此，我首先应该知道我是多么孤独。我把爱情说得很神秘，我知道为爱付出的代价。但我也知道爱情不能帮我摆脱孤独，而且爱情的目的也不在于此。我太聪明、太苛刻、太丰富，因此没有人有能力担负起整个的我。没有人能了解我的全部，爱我的全部。我只有我自己。

我不应该试图用放弃我能独自承受的一切来躲过这份孤独。我必须生活，也知道没有人能帮助我生活。我坚强，是因为我认为自己高于任何一个其他人。我可以羡慕别人的某种优点，但在我眼里，没有一个人比我自身更重要：我拥有与他们同等的价值。我会活得很孤独，也会坚强地成为我会成为的人。

应该再次像去年那样，隐秘地、疏离地度过，不能把注意力从自己的道路上移开。不再为自己任性的欲望所左右。我不愿意忽视生活中任何吸引我的东西，但不能因此而屈服。我会做好事，我会交谈，我会帮助或者唤醒一些灵魂，但不求别人赞同我。而最重要的是获得自身思想深层次的统一，拥有对世间万物的属于自己的观点，不去操心可能出现的其他观点。我不应该为了某些听众或读者而选择写一部作品来表达自己，我应该高傲地完成一部属于自己的作品，没有人会读，随着我孤独的死去而终结。但也要警惕不能把自己局限于某种僵硬的理想中。应该做一个真诚的人，正如巴比尔在跟我讲他的伦理学时所说的那样。没错。

但是今天，我已经没了星期三的那种热情，来构建自己严肃的面貌。所以说这种面貌并不完全准确。倘若我渴望做些傻事，和笨蛋们聊天，我就应该去做。需要注意的是我总是能不去做那些事。我的统一不该是做作的。我非常清楚地感觉到，在这明显的精力分散之表面下，我的自我强有力地统一在一起！如果我只从外部评判自己，我会惊讶地发现自己在团队热情四射，在这里聪慧冷静，在家里泪流满面、伤心沮丧，而在其他一些地方是快乐的、傻乎乎的。所有这一切都是我。包括我的信仰，我的慌张。我只需要列出一个等级，以此来辨认自己，只需要拥有一个固定的港湾，让我随时可以离开。

这就是我要做的：在这本手记中，我将讲述自己的经历，各不相同，有些甚至很荒唐，这将是我脆弱的一面。而后我会投入一部思想作品中，一切将通往一个强有力、疏离的、傲慢的评判。不会分心，不会仅凭兴趣。

此刻，我看到自己是一张冷酷的面孔，这种冷酷深深地藏在我的心里。但我喜欢大个子莫林，也热爱弗朗西斯·雅姆。但会因为知道了所有人世间绝望的意义，流下的眼泪就不那么真诚，不那么重要了吗？恰恰相反，冷酷让我更心甘情愿地付出柔情，让我怀着更大的怜悯去共情别人。我清楚地知道，我内心的一切不是互相排斥的，而是互为补充，互为对方的理由！

孩子做不到他们所承诺的，年轻人也很少能做到，如果他们信守诺言，那就是这个世界不信守诺言。

——歌德

因此，理解外在的物质生活，从中获得乐趣，像欣赏一场戏剧那样品味它，致力于内在的精神生活，认真地对待它，并为之牺牲一切——我外现的经历永远不会磨灭我内心的美好，但也不要认为，内心的完美需要牺牲与之不同的、无法达到它的东西。

我这里说的并不是努力去调和那些不可调和的。做作的是故意要将它们分开。但，说到底，如何，以怎样的形式才能实现我内在的精神生活？我思想的终点在哪里？始终是善，阿兰说。必须找到一个终点，我将用我的一生坚持去抵达这一终点。因此，我的婚姻不重要。我最深层的生活无法因此抵达。批评、小说都无法满足我，因为这都与外部的人与事相关。

我将去看，去思考，去发现。

（重读这本手记开篇的几页，我惊叹于自己的分析如此清醒、如此入木三分，在描述自己经历过的状态时，竟然这么有天分。我非常感动，犹如那些片段是别人写的。所以，我自己能做点什么？我必须努力地做一件自己相信的事，不是渴望获得某种赞扬而去做一件事。一部反映内在精神生活的小说，或类似的作品。）

但愿我能去英国！两个月在利穆赞天天跟妈妈大眼瞪小眼，我可受不了！

（多做一些精准的分析，加强练习，可能会有成效。）

我认同在四月二十三日写下的这所有的话。

写"关于生活的随笔"，不是小说而是哲学，与虚构可以有些暗含的关系。但其中思想应该是主要的，我应该尽力去寻找真理，而不是表达真理，描述寻找真理之路：1）生活的非理性（既定是非理性的）；2）分析的无力；3）生活的无用。

将思考与简短的叙述、简略的描述结合起来。

叔本华的第四本书，里面有着我读过的最好的论述！对时间、对现在的定义都很精彩，问题提出的方式也是那么直接、那么接地气！

我们相信，一个生命参与了未知的生活，而他的爱将引领我们进入其中，这是爱的诞生所需要的所有条件中，他最看重的，也是让他放弃其他一切的原因。

——普鲁斯特

五月十九日星期四

为了存在而做的这些可怜的努力！是的，我存在，我很清楚，还有什么吗？有时，静静地坐在洒满阳光的院子里，那些善良的学生在这里边走边交谈，我有一瞬间便触摸到了完满。这一星期，我有过一些美好的时光，因为接受了孤独而美好，因为坚强又不骄傲而美好。生活有着一种可口、新鲜的味道（比如说去舒瓦西旅行，我一个人坐在车厢里，每一分钟都充斥着我想见到的所有神奇……）但是怎么样呢？真的只有这些吗？

我拥有平静，几乎还拥有快乐，那么多书、交谈与我相伴，还有温和的空气，这些对我都很重要。但在内心深处，被某一天的消遣所遮蔽的是从未改变的空虚！当然，今天达到了平衡，既没有深深的绝望，也没有无尽的厌烦，甚至没有无可奈何的冷漠。我对生活还是抱有热情、有欢乐，对每一天的任务和消遣也很满意。这一切都微不足道。我重复着马塞尔·阿尔兰在《阶段》[①]中精彩的祷告，读这本书的时候，我每一行、每一页都恨不得做上标记："一种完全的苛求"。我喜欢这个男人，他告诉我们，我们做的努力是无用的，但正因此才伟大，他向我们展示了我们对这个自我的不可抗拒的责任感，而我们也拖着这个自我，没有任何喘息的机会，没有任何理由来证明这一责任是对的。

[①] 于 1927 年出版。——原注

但就像昨日，我多么羡慕玛格丽特·德·文德尔[1]，她那么漂亮，那么单纯！我不骄傲，也不嫉妒，只是想到自己未来的命运，还有想到我需要所有的力量和紧张才会觉得它胜过其他命运，这让我痛哭不止。列维悄悄告诉我，对她来说幸福就足够了。亨丽埃特很年轻，除了幸福别无所求。雅克用吃喝玩乐来麻痹自己。而我则保留着内心的这份空虚，我确信自己是孤独的，任何东西都无法满足我，我的幸福一定是我心甘情愿的，是我顽强、坚决的意志的产物，它带来的是疲惫而不是平静。[旁批：一九二九年五月——谢谢，我十九岁的妹妹，你还是那么坚强、坚定地想要幸福，不靠任何人的帮助，这是一种出乎意料的天分……]

我找不到比自我更伟大的东西，而我知道我是多么渺小！玛格丽特，她是幸福的，就像她呼吸那样平常。要是我能轻视这份幸福该多好，可我做不到。玛格丽特带着她全然的无知成了完美的人，而我那毫无价值的学问并没有让我成为一个更美好的人……我对自己既没有同情，也没有厌恶。我只是在学希腊语。

若哪天我感觉自己被深爱着，我或许会重拾勇气，尤其我爱得更深的时候。[旁批：多好的外部环境！一九二九年九月。]我会爱得更深吗？也许吧，只是我已经很久没见到他了。而同时"我知道这是完全另一回事，与一切都不相容"。

---

① 西蒙娜·德·波伏瓦在德西尔学校的同学，她结婚了。——原注

星期五，我用尽全力做了一份人生规划。在那样的时刻，我陶醉于孤独中：我存在着，我支配着，我爱我自己，忽视其余的一切。但我也那么渴望拥有成为一个单纯、脆弱的人的权利，成为一个女人的权利。我走在一片"荒芜的世界"里，那里草木不生，只有我时不时冒出来的自尊才能成为其中唯一的绿洲。[旁批：一九二九年五月十八日——我还能继续忍受痛苦吗，就像我在写下这些话时所感受到的那么痛苦？]然而今晚我也不是真的伤心。我依靠我自己，我知道我能够依靠我自己。但我也希望不需要依靠我自己。

五月二十日星期五

难道不是这样吗，生活虽然有种种卑劣和不足，但它还是那么美好！它就像一颗可口的果实，突然在你口中融化，美味无比。我喜欢公交车上那位女士和老先生的对话……我希望卢森堡公园满是灰尘，在喷泉下人头攒动……但愿夏日热一些，精彩一些，但愿现在才四点钟，我才十九岁！我也希望《淘金记》①能成为卓别林的代表作，在空荡荡的大厅里，他似乎只为我一个人表演，我喜欢散步、呼吸、存在。我爱生活！

那么热爱！

---

① 于 1925 年上映。——原注

说起来，我差点与这些简单又深刻的快乐擦肩而过！孩童时的夏季是无忧无虑的，而去年的夏天，痛苦、沉重。现在，我压抑了所有的痛苦，并在此之上建起了阳光明媚、令人目眩的午后。现在，我懂了，而且我知道我懂了。我的幸福即征服，今日的幸福是一种带着微笑的征服。上午跟米盖尔在索邦大学的大钟下聊了两小时，这两小时本应该是工作时间，这是否就是幸福？或许是。在这个男孩身上，有一种正直、单纯、十分真诚的东西！与他说的里维埃的学养、技巧无关，有时雅克也会被这些拖累（或者说试图摆脱，但其实是一回事）。他乐观、快乐，朝着自己设定好的方向走，这可能会让他有些局限，无法理解一切，但确保了他是一个美好、单纯的统一体。他非常年轻，反应敏捷，思维活跃，说话风趣，我很喜欢与他交谈，但缺少点傲慢，正是这傲慢让雅克变得这么迷人。他是新来的。他告诉了我许多充满智慧的事情，我不厌其烦地听他说，以此来确认我内心的思考：应该把自己当成一个目的，应该以自身为基础来实现构建。如果这一切无非是一场游戏，那至少也要把它放在心上。只有它自己才能证明自己是对的，其本身包含着存在的理由。他说得不错。马塞尔·阿尔兰也说得对。但马塞尔·阿尔兰没有说相反的情况。他说起马西斯的时候，很有意思，"一个玩应急网而总是掉进应急网里的人"。无论如何，我觉得他对许多事情保持陌生态度的方式很好，因为"这对他来说真的是太陌生了，他都不知道这会有什么用"。于是，他走过去，连一丝轻蔑都没有，完全没有，他甚至没有看到这里有东西。聪明，真聪明。这是一篇关于他的长篇大论。啊！我爱众生甚于一切，这些单纯的同窗之谊对我来说是一份如此宝贵的财富！唯有如此，我才能从自身的思考模式中挣脱出来。研究一下一些人是如何教育另一些人的，一定很有意思。

　　幸亏有他，我才不会无视闲逛、日常的琐事、青春的笑脸。（因为雅克的笑容里并非毫无小心思，他似乎在放弃自己，或者说他的笑容背后有更大的波澜。我甚至不想见到他：即使他是最单纯的，我也会不由自主地感到厌倦。因为我深深地感到他不适应存在，因此他的任何一个举动都与他内心的面貌不相符。而其他人，用米盖尔的话来说，就是在他们的每一次呼吸中充分表达自己，但并不是所有人都这样。这不重要，今天，即便是雅克也让我感到开心。）

五月二十一日星期六

　　我继续关于米盖尔-阿兰-拉尼奥的思考。在对他们进行思考的同时，我相信我正在明确地找到自己，找到勇气。昨天上午与我谈论电影的那个男孩今晚得到了巴吕兹大大的称赞，我从中学到了很多，还有热爱追求严酷真理的巴比尔让我读施沃布的书。我发觉，从去年开始，在我以为自我迷失的过程中，我成熟了多少；从那些痛苦的经历、我以为浪费的每一分钟中又诞生了多么强大的东西。我再也不依赖加利克或者雅克，我也理解了许多论述，使我能构建属于自己的论述。这其实无比简单。若尔热特·列维总是需要问各种问题，而且把自己困在犹豫不决里，这让我很不舒服（尽管我总是为见到她而开心）。我知道只存在着一个问题，一个无法解决的问题，因为这个问题或许没有意义。正是帕斯卡提出过的问题，离我更近的马塞尔·阿尔兰也说过：我想要去相信些什么，直面全部的要求，为生活正名。简而言之，我想要上帝。这个问题一提出，令我无法忘怀。但我知道，这个我无法企及的本体的世界存在着，而且只有它才能向我解释我为什么活着，同时我又要在同样不容忽视的现象的世界里构建我的人生。我将自己看作是一个目的。

（我很好奇，自己到底是如何构建的：我从别人告诉我的立场出发，试图从这些前提中推导出一个完整的体系。让我们继续，可我的前提在哪里？）

拉尼奥说得很好："我唯一的支持就是绝对的绝望。"我不想要其他的名言。我的快乐便是建立在这一绝望之上。我将超越所有不可解释之物。每一天，我勇敢地重建一切，这很好。因为每一次，建筑物会愈加坚固，愈加高大。不能放弃，坚持到底就够了，无需担心那些"可能性，更准确地说，是不可能性"。这样，我便安顿好了。每次在枕上辗转，我都能找到一个新的位置。思考、理解、爱，都是好事。日复一日的闲逛对我弥足珍贵。玛丽·穆尼耶的挂毯，《安提戈涅》或是卓别林都使我更加丰富、更加深刻，为我打开了看待世界的新视野。

我那天写的东西很好。我应该确信，真理存在于我的坚强中，而非在我的脆弱里。今晚我是对的，但早上不对，当我睁开双眼，必须活着的焦虑依然压得我喘不过气，即便这一天的安排是吸引人的。爱情同样也应该服从这一守则，才能变得更加美好：有利于实现雅克这一另外一个目的，让他也能反过来帮助我，但不会让我因试图融合我们两个内在的精神生活而惶惑不安。我知道我无法做到这样，我的情感在看待这些的时候掺杂了理智。但我是对的，正是在这里安放着我深刻的自我，它的声音去年一直萦绕在我耳边，今晚又在诉说。雅克不再像去年冬天那样成为我存在的必要。我已经从中走出来！我只是需要他来活着。危险，啊！当我们认为某些东西高于爱情的时候，爱情就危险了！我们必然会寻求一种互相的深入，创造一个"我们"，既不是我也不是你的"我们"。这是布洛玛小姐的理念，但她拥有一个自身之外的上帝，而我的上帝只有我自己。我会毁灭这个上帝吗，会用互相妥协的方式来毁灭对方的上帝吗？这是多么丑陋的词！

看看，这就是我的批判精神！你大喊：所有的价值评判都是愚蠢的，你放弃又有什么关系！这种存在的需要，这种责任，是对谁而言的，是相对什么而说的？

好吧！不是这样。我自身便足以让自己接受这些法则。我觉得我应该朝这个方向走。我也将继续往前走。是的，这很简单。我玩这个游戏，似乎不是为了开心。而且，不，我们不是为了开心才玩的。我们玩，仅此而已。（只是我害怕哪一天我不再觉得这个游戏好玩……）［旁批：爱，就是把自己认定成对方所爱之物，想让自己住进他心里。］

实际上：继续生活（培养内心，巴吕兹是懂得如何激发我的热情的），继续热烈、随心所欲地生活，既不太刻板也不太严苛，开始思考。为什么不能每天把沉思的内容写下来？我任由自己随笔尖而走，而不是握着笔书写。除了这些手记和批注，更紧张的思考对我来说才是最好的守则。要试试吗？试试吧。［为什么我会情不自禁地有这样一种略带讽刺的认识，我放弃的四十九种立场一定与我采纳的第五十种立场有同样的价值吗？巴雷斯还是拉尼奥？《新法兰西杂志》还是《思想》？啊！要是我可以无视这一切该多好！好吧！不。甚至这样明显的对立不只有一种。我自己就是。一边是 A，一边是 B，而在我身上既有 A 也有 B。我为此哀叹，我既不是 A 也不是 B！所以我不知道我到底是谁！不，我知道。我是 C=f（A，B）。］

我坚定地相信我自己，因此我可以不再害怕其他人。这样很好。但愿这些可怜的小小神经质不会碍事。我确信该如何活着。我能否不顾及为何活着，尽管它本身可能没有意义，但若没有为何活着，那么如何活着也就没有意义？

五月二十四日星期二

昨天，我跟米盖尔聊天的时候，他悄悄地告诉我他是共产党员，我明白一个人可以很智慧，并对政治感兴趣，但我远非如此，因为对我来说，要是存在的理由这样一个严重的问题困扰着我，我该把追求人间的幸福看得有多重要？我不会为这个尘世的王国做任何事，只有内心世界才是重要的。然而，多亏了这些交谈，我的内心世界才不再是一座修道院，我可以用所有的激情来充实自己，而我不会跟任何人分享它们。

星期日在于尔叙利纳看了一部爱泼斯坦的电影，《61/2×11》[1]，昨天看了比托叶夫的《哈姆雷特》[2]，太精彩，太深刻了！我又觉得非常难过，因为觉得一个人被沉重的命运所压垮，爱情也无力拯救他，甚至连死都充满着疑团。无论是莎士比亚还是叔本华，都不让我们对此抱有希望！

我给布洛玛小姐写了回信，我为自己辩护，称自己是"热情的、火热的"。我向她解释我的幸福、行为、爱情都出于我自己的意愿，而一直怀有愿望是一件多么令人厌倦的事。我跟列维聊天，确实比我想象的要好得多。要强调的是：继续阅读拉尼奥，继续哲学地生活。

---

① 默片，于 1927 年上映。——原注
② 在艺术剧院上演。乔治·比托叶夫扮演哈姆雷特，柳德米拉·比托叶夫扮演奥菲莉亚。——原注

星期六

我的心沉睡在它哲学沉思的重负之下。这一周，共产主义和爱情吸引了我全部的精力。我的思想越来越坚定。列维几乎成了我的朋友，多亏她帮助我明确了我所受痛苦的性质，让我明白从此该如何活着，同时深入研究拉尼奥的话……我在阿兰的论述中找到一段妙语，引述如下：

> 所以，爱情中最深刻的莫过于幸福的誓言。对于你爱的人来说，还有什么比无聊、悲伤或不快乐更难以克服的呢？每个男人和每个女人都应该时刻牢记，幸福——我指的是为自己赢得的幸福——是最美丽、最慷慨的礼物。
>
> ——阿兰[1]

我曾多少次这样想，我努力追求幸福以证明我的爱，而雅克的厌倦让我痛苦不堪，证明他还不够爱我，没有努力幸福起来。正因此，爱情才让我这般害怕，因为我需要快乐，而他人的幸福会是一种补偿，甚至超越补偿。他离我那么遥远，"他者"！虽然智慧渗透了我的情感，哲学渗透了我的生活，我的感受和生活却不会减少。斯宾诺莎并不排斥弗朗西斯·雅姆。如果说我没那么

---

[1] 《关于幸福的话》中的《幸福的责任》（1923 年 3 月 16 日），第 267 页，伽利玛出版社。——原注

伤心，那是因为我承受了一种更绝对的绝望，我明白了自身绝望的意义，我接受它、安放它，而不是逃避它。但同时，我也很少期待。如果说我轻易地接受了愿望无法实现，那是不是因为我很少期待？现在的我就像古时候的智者，看淡人世间的一切，无论是好的或是坏的，这样的话这些事都无法触动我。我如同一个旁观者，不参与其中，看完戏，离开。我理解那些忍气吞声的哲学家。直到今天，我仍以为他们说的话是为了寻找理智的理由来说服自己。不是的，我经历过，完全是另一回事。

然而，我依然深具人性，我也知道有时要落到混乱之中。昨天，跟一个人告别，他友好地握着我的手，这让我流泪。"我祝福你一切都好。"[1] 我再也不会见到您了，"我可能爱过的您"[2]，您或许是知道的！当我想到爸爸说起"爱"这一词的意味，和有一天晚上我跟他的交谈：服务、爱意、感恩！多少人从来没有明白过爱是什么！我所说的唯一的爱情既不是欲望也不是日常琐碎的爱意，也不是一个人只爱着自己，因为对我来说，要是将这两种爱分清楚，那么任何一种都无法体验。爱情中只有程度的分别，不存在差异。我不会因为他人为我付出而去爱，尤其我不会因为他人爱我而去爱。或许他人对我产生感情，说明他身上的某些东西恰好与我身上的某些东西是不谋而合的，或许一旦我爱了，我便渴望被爱，而建立一种真正的爱情是需要相互的情

---

① 巴比尔出发去澳大利亚，他在那里找到一份工作。——原注
② 改写自波德莱尔《恶之花》（1861）中的《致路人》《巴黎油画》中的诗句。——原注

感的。但如果说我爱了，那是因为这个人与我所期待的相吻合，因为我感受到了他的完美，他对我是必不可少的，他走进了我的内心。关于这一切，还有许多要说，但我觉得有基本的一点需要承认，那就是感恩产生不了爱情！（爱情＝友情＝爱意，等等）相反地，我并不是很喜欢那些我特别确信的人（除非我不那么确信，因为我并不那么爱）。因此，他人会说我铁石心肠，或许我不会爱上什么人。但只要我爱了，我会好好地爱他们，而不是爱自己。"只要……"，因为即使对于最爱的人，也是要讲分寸的，毕竟对方不是上帝。或许事实上并非如此……

我将在毕业论文里好好深入研究这一点。

我只想说一说与他擦身而过、不能再与他相遇的痛苦，我爱他，爱到无以复加。我认为，爱情在情愫初生时并不强烈但更纯粹，因为对方尚未走进你的内心深处，更纯粹也并不意味着更美好。一个人走进另一个人的内心深处是熟悉带来的美味果实。但这里还是应该守住某种分寸……啊！爱情那么伟大又那么渺小！要是只是渺小就好了！或者只是伟大，就像在惊叹不已的年轻小女孩眼中所看到的那样！

好吧！我与这个深邃而迷人的人无缘，他对我有着近乎兄弟般的感情……对这段本可以建立的美好友谊的记忆也将随之消失。我年轻的朋友，我还是要感谢你，为了你给予我的一切。或许只是以我对雅克的这份爱的名义，我才不得不继续爱着他，违背了我写的这句话！只有当他在我身边的时候，我才会重燃对他的欲望。因为不再伤心而伤心……

若我对你说我爱你，你能回答吗？

不能，对吗？

那我最好还是不说出口。

——皮埃尔·博斯特[①]

六月三日星期五

皮埃尔·博斯特的《鲁莽杀人》这本书引人入胜，拉蒙·费尔南德斯的书深刻、精彩，我一定会重读的（借给了米盖尔，我很高兴自己能带给他点什么），忙里偷闲地去看了俄罗斯芭蕾舞，这些都在我的心头萌生了一些思考或是幻想。但我想说的是昨日和星期日看到的雅克，他不快乐，冷冷的，一直到星期三我才重新找回雅克，我不知道原来我从未失去过他。

在他家，我心情沉重，因为那些我从未对他说的话，还有尤其是他经常在我无法听到的时候对我说的毫无意义的话。我与他告别的时候，满心喜悦，因为我们的灵魂带着一种纯粹又深刻的真诚触碰到了一起。有时，即使单独与我在一起的时候，他也总装出一副傲慢或者无忧无虑的样子，让我很不自在。于是，我变

① 《鲁莽杀人》（1924）。——原注

得更加坚强，内心更加坚定，不受他的影响。我知道，在爱情里，付出多的那一方会让付出少的那一方厌倦，于是我试着克制自己的爱意，自认为爱得少一些。而且，我对他此刻的生活进行了评判，认为他的生活配不上他，我心中油然而生一种怀疑，一种灰心。

多少次，在我们见了面之后，我发誓再也不受这些"内心的起起伏伏"所左右，认为自己一定是被爱的那个！……另外，我也是对的，要是爱情不是一劳永逸的，而是在永恒的青春中不断被创造的该多好。

既然我已经看到，在我寻找全部要求、世界和我生命的理由的那条难以理解的道路上，没有上帝在等着我，既然我已经穷尽了巨大的形而上的痛苦与苦涩，而没有像其他人那样寻求使我尘世生活的每一时刻都神圣化，但愿我面对尘世生活的时候还是平静的，这种可悲的不确定性，使我不会忘记巨大的空虚。当我们只追问生命本身其存在的理由时，我不再自欺欺人地希望填补这空虚，而是紧紧抓住生命中最坚实、确信的东西。雅克曾对我说："已经厌倦了追寻？"不，但我找到了。我发现为了意愿和爱，知道和理解并不那么重要。仅凭我的智慧，我将穷尽一生，尽可能深入问题的核心，但同时接受既定的事实，感受既定的事实，不去期待拥有绝对。掌握了心灵游戏的哲学家会回归常识，因为他知道常识比推理更真实。同样，我现在认为，只要活得漂亮，做我认为好的事，爱我认为值得我爱的人，就足够了，而不必问荒谬的"有什么用呢？"这没有道理，但只要我创造了它，它就存在。

为什么我的爱情会如此令人伤心？星期三，我深刻地经历了这种赞同的行为，同意另一个人的行为。它比任何知识概念都要重要得多。别管什么哲学了！（尽管现在它与我这颗被控制得更好的心并驾齐驱，因为哲学已经真正地、永远地融入了我的生活——"快乐又强大的平衡！"）

如果说当我付出的爱更少的时候，我分析爱情并证明它是合理的，那是不是为了在我愿意的时候能完整地付出唯一的爱？保尔·瓦莱里和弗朗西斯·雅姆。但这两个人如此深刻地各成一体，那么当你是其中之一时，你可能不会知道自己也可以成为对方。

我躺在小树林潮湿的草地上，想念你——把我的脸埋在玫瑰花里，想念你——听着克洛岱尔和加利克没完没了的演讲，看到这些人一旦建立起信念，就能在社会上生存，我在心里自由地想念你。就在这里，在这间客厅，面前放着你的信，想念你。我想到的是你，不是在你面前的我，只是悄然地想到你，我们之间的亲密也许只为我一个人独有。我是那么信任你！不，你不会是"平庸的"，你不会拒绝你的青春，使之变得绝望或无用。你的朋友因智慧而陨落，而我们两个人，我们会因智慧而活！我们知道幸福就在于此！我们彼此强有力地互相依靠，这样我们才能承受令人目眩的巨大的空虚。我们不会坠入深渊。如果你爱我，我会逼着你爱自己，因为在我眼中你看到的自己的形象是美好的、真实的。每个人都会因为他人的脆弱而变得更坚强。

我感觉我们的嘴边有着千言万语，都是我们不曾说出口的。我知道你也有一样的感觉。我知道你相信爱情。真的是因为你害羞吗？也许只要你敢，你希望的正是我渴求的，但你不敢。是的，我一直希望自己是善良的，雅克，然后你几乎告诉我说如果我是个善良的人，你永远也不会讨厌我，于是我更敢于做个善良的人。［旁批：一九二九年五月——我又看到了我曾靠着的长沙发，你曾坐着的那张扶手椅。我听到了你的声音。我对你的爱至死不渝。求你了，快回来吧，我会告诉你所有我不曾说出口的话。］

为什么会认为你与我如此不同？或许你也一样，你不确定你会不会让我也感到厌倦……我希望你对我说"我爱你"，因为我无法给你答案。我变得坚硬的同时，内心还是很懦弱。让他读出我所有的柔情吧，我又何必在乎。

今晚，在我看来，这种爱是自由的，是美好的，我终于感到从你那里获得了自由和拯救。我明白这种爱是多么自由，多么心甘情愿，没有任何必然性强加于我。尽管你有些愚蠢的消遣，会懦弱地妥协，尽管你常常犹豫和逃避，这是我一点也不喜欢的，但我深深地相信，你比我强得多。我会这么想，是因为我常常想到了事情的反面，而且我肯定，你永远不会认为自己是最好的。

这让人猝不及防：哦！与我不为人知的骄傲和自我放纵相比，你的谦卑是多么单纯！哦！这样的真诚，出人意料的真诚，这是怎样的信任！

我请求你的原谅，我请求你的原谅！［旁批：一九二九年五月——是的，完全衷心地。］我曾怀疑过你！因为你总是说"我平平无奇"，我差点信以为真。可现在，在这一刻，我面对面地看着你，我是完全忠于事实的。正如里维埃所说，怀疑总是比相信更容易。尽管可能你自己都不相信，但是我相信。真的就是在今晚，不是"我和他人"，是我们。而这多亏了你，星期三晚上深深打动了我的你，我的朋友，我永远的朋友。

六月二十日星期一

考试①。在索邦大学看了几场足球赛。还去看戏剧、看电影。晚上悄悄地出去远足。和列维、米盖尔一起聊天、阅读、散步……我的生活还是这样继续着。

我为什么这样慢慢向野蛮人靠拢呢？为什么像我这样瞧不起很多东西的人会过着一种愚蠢的生活，甚至是我自己都瞧不起的愚蠢生活？今天天气很好，而我在这些让人放松的娱乐中，却并没有投入真正的自我！或许，我还是喜欢自己是优雅的、严肃

---

① 指希腊语考试和普通哲学、逻辑哲学的考试。——原注

的。或许是吧……我不再会悲天悯人。我讨厌那些矫揉造作的情绪。宁可莽撞地活着，也不要被烦恼和厌恶牵着鼻子走。

你还记得那个星期一吗，他来了，他又走了，你下楼的时候心情沉重，整整一个小时待在卢森堡公园，你呻吟着，仿佛行将就木？……你手里拿着被泪水湿透了的手帕，这难道不是一种证明吗？我唯一不明白的正是这种痛苦，我不知道我为什么要经历这样的痛苦，让我感觉自己快死了，很可怕。这些时刻完全是无用的，都已经过去，我觉得无比的脆弱，我渴望任由自己慢慢死去。连我的痛苦都带着讽刺，我的痛苦让讽刺变得更真诚、更尖锐。我重复着海涅的话，这些一文不值的眼泪变得越来越苦涩。为什么要对自己如此残忍？

星期六跟妈妈吵了一架，我很难过，她这样干涉我的事。我又见到了雅克，一切和从前一样。我的朋友……可爱情呢？

[旁批：一九二九年五月——有一段时间，我又"重新见到"雅克！他站在桌子的另一边，在我眼前，说着一些带给我幸福的话吗？这样的过去并不是我幻想出来的，他曾说过："像我们这样的友谊，是非常难得的"……哦！雅克。]

参加团队，等等。这一切都不重要。什么是我急着去做的要紧事呢？我还是一样吗，我的人生还是深沉、丰富、令人感动，充满让人感觉快意的悲伤吗，我还是那个笑起来也无动于衷的人，那个沉睡着的人，那个再也没有眼泪从眼角落下来的人，因为完全陷入了绝望，再也无法去注意那些强大的、美好的事物？

我得重新梳理一下，看看我到底是谁：

与若尔热特·列维不同，

与米盖尔不同，

与雅克相同。

如今，人生对我来说，就是爱情，那里安放着我的骄傲，和我解决问题的办法。我该怎么做才能继续爱自己……

六月二十二日星期三

雅克来了。雅克琳娜可能也会来。我独自一人，一个人，真美妙。

若尔热特·列维：一个聪明的小女孩，天真地把自己孩子气的行为和内心的发现看得很重要。她觉得逻辑很烦人，需要把一切都简化成公式也很烦人，为自己辩解的渴望一样烦人。将所有情绪简化为概念。我让她研究我，但她理解不了我。顺从她就是扭曲我自己。

米盖尔：有同情心，但很单纯。他相信自己也相信拉尼奥——既没有文化，也没有我看中的细腻情感。

你们都是野蛮人，不过你们还是对的，哦，你们都不是我！

并不是只有这样的我才是光彩夺目的。获得成功真的会让我快乐吗？交了这么多好相处的朋友会让我快乐吗？这会给我带来一种与我的行为无关的欲罢不能的感觉，因为现在我有点动摇，我看不起这样的乐趣。我是受了雅克的影响吗？也许吧，或许是为了更好地理解他，我有点任由自己失去控制，这样我才能告诉自己说"我并不比他更好"。但这样做并不会让我不自在。想起巴比尔的时候再也不会让我悔恨得全身颤栗。我知道从这一切中，从我内心的无动于衷里，会产生些什么：一部作品，一种激情，或是更自信的自己，我也不知道。但我知道一定会产生一些好的东西。我再也不去寻求"冒险"，因为对我来说再也没有什么称得上是冒险。我看着自己过着一种无动于衷的、遥不可及的生活，对任何人都很珍贵却对任何一个人都没有爱，无忧无虑，几乎每天都很快乐，静静地等待着一个未知的、更美好的"出现"。

尽管像现在这样一无所有，我深信未来一定是美好的。

这不是真的！这不是真的！我希望从中产生什么呢？什么都没有，除了一种人生，一种可怜的属于人的人生。

啊！生活是多么平淡！

在这间书房里……两年前。我还什么都不知道，一无所知：什么是爱情，什么是书，什么是友情。我也不知道索邦大学，不知道美丽城、事业，不知道有酒吧的存在……也不懂得流泪、欢笑，也不认识那么多人。什么都没有，我什么都没想到。我在自己的小世界里就够了。而今，我跑遍了所有的世界（我自己的世界和其他人的世界）；而今，我体验过了，整整体验了十八个月，至少也有六个月……只有这些！只有这些！始终是这些！

啊！我为自己被无知封闭和包裹的日子而流泪，我哀叹自己的青春是在一个个温和的夏日里蹉跎的！我刚刚在电光一闪的时间里面对面看清了……我问它：是什么？我向它张开双臂。它回答说："没什么！没什么！"我便在一片巨大的虚无中明灭不定。我的脚，我疲倦的脑袋，只能放在这片灰蒙蒙的虚无中。这不可能！我不想这样！哦！宁可马上死去，我也不愿内心怀着一种极度的痛苦，慢慢将我吞噬，而我却逃无可逃……我感受到了死亡，我意识到了不知不觉落在我身上的极度的痛苦，在面对我完全沦为废墟的过去的时候。我失去了生命，我死去，啊！不是这样的！……那样的痛苦、呐喊、渴望，那样深沉的爱，除此以外别无其他。除我之外也无其他。除他以外也无其他。与这些相比，其他的有什么重要，甚至包括爱情带来的快乐；

再一次

面对绝对。

我内心的这份沉重。

我发热的脑袋

眼前这现实的可憎面貌。

一切都退缩了：纠结、消遣、友情，一切的一切。我不羡慕那些沉醉在幸福里的人。我什么都不理解，不承认。

列维是对的。一个简单的问题，当我们以为它已经不会再出现的时候，却突然卡住了我们的喉咙，让我们喘不过气来。除了我，什么都不存在，那个戴着面纱在奸笑的魔鬼自称是上帝、生命或是现实。他奸笑，是因为他看到了我的无能为力，因为幸福和冷漠无法让我们逃脱它的魔爪。他一直在那里，窥视着我。

我害怕。

（我可以重新回到这个世界，这里人们有清晰的面孔，人们研究问题，说的话都是有意义的……我会活着，我会相信生活，即使同时在讨厌它，当我明白了自己所看到的一切以及懂得了我所知道的一切。）

但我要说

这是唯一的真理。

还是杀了你自己吧。

[旁批：一九二九年五月 —— 用生命中最强烈的呐喊，我都无法否认这一天带来的恐惧 —— 我知道"它"一直都在。

不，我还是不能说我是错的。]

为这本刚刚读到的无聊的书而流泪、伤心，真不值得。啊！"生活这个可悲的玩笑"，爱情，至少这个痛苦的年轻小女孩，她是相信的，而我……今晚在美丽城严肃地讨论了一个道德问题，明天可以去索邦大学开开玩笑……啊！

可悲的玩笑，太难过了，这不是我想要的。我的朋友，那些不认识的朋友，他们如此痛苦，要是我们可以和你们在一起，一起诉苦，该有多好。拉福格……

六月二十九日星期三

考试。跟那些可爱的年轻人聊天，很开心，跟劳特曼①在"船上"吃点心，很开心；感觉自己被这个友善的野蛮人的礼貌和快乐所围绕，很开心。［旁批：啊？］有点兴奋过度，学习和交友的计划。我有时特别想通过教师资格考试，我觉得自己拥有一个高师人的灵魂！

而昨晚，在夜幕笼罩的孤寂的院子里，从索邦回来躺在床上，我竟然泛起一阵恶心！我想到《蒂博一家》中的雅克，他紧握拳头、高声喊着："他们把我贬低成这样！"我也是如此，他们把我贬低成"这样"！哦不！把学校的尘土都扫去吧。无论如何雅克是存在的。雅克先于一切存在。

我多么庆幸，是这样一个不合群的人引领我，才使得别人的野蛮在我眼里是那么明显，我感觉到，比如列维，她常常弄错，又是多么值得被原谅。这些充满智慧和魅力的男孩，我们不能把他们划归到野蛮人中，只差一点儿我们就会听任自己成为和他们一样的人。至少，当我们感觉自己不同的时候会有些不自在。幸好，我知道这一切都是虚妄！我听说劳特曼赞扬了一名学生：每当我感到自己的心被一个值得我为之痛苦的人拂过时，我都会有那么一点点心痛，而后他一如既往，他会成为

---

① 阿尔贝·劳特曼（Albert Lautman, 1908—1944），数学哲学家。他作为抵抗运动成员，于1944年在图卢兹被逮捕，后被枪决。——原注

一个像劳赫①或者莱昂·布鲁姆这样的人……！不要！

我对自己不太满意。

我感到很茫然，我的成功令我黯然失色，而我的朋友们对我的成功过于敏感，他们对这个"优秀的年轻女孩"②的友善和好奇令我黯然失色。说到底，这一年我做了什么呢？什么都没做。

我不是很潇洒。我为了与我看不起的人和解而背弃那些自己喜欢的观点，我为了与其他人建立联系而背叛了思想。也许是我已厌倦了学年末的生活。但这些事都很不入流，我骄傲不起来了。

好吧，既然今晚我就是个"野蛮人"，就当个野蛮人吧。

这样也不错。付出虽少，收获却很大。希腊语考试特别好玩：我对这次考试也给予了应有的重视。

明年的计划：

1）学习——学心理学、伦理学，深入地学习哲学。

完成巴吕兹的作业，阅读。

2）聊天——和布洛玛小姐、莎莎在索邦外面聊天。在索邦里面，在巴吕兹的课上、图书馆里和米盖尔聊天（比起那些高师

---

① 弗雷德里克·劳赫（Frédéric Rauh, 1838—1918），曾出版《伦理的经验》（1903）。安德烈·莱昂·布鲁姆（André Léon Blum, 1872—1950），自1919年开始担任社会党议员，此前出版了《埃克曼的新歌德谈话录》（1901）和《斯丹达尔和贝尔精神》（1914）。——原注
② 西蒙娜·德·波伏瓦刚以出色的成绩通过了希腊语考试，而在普通哲学考试中，她排名第二，第一名是西蒙娜·韦伊，第三名是梅洛-庞蒂。——原注

学生们，他们只会谈一些关于文化、教育的粗浅问题，他更有意思）。与劳特曼谈有关伦理学和社会学的问题，我对他不是特别感兴趣。

我想更多地了解蓬特雷莫利，因为他似乎内心非常丰富：［旁批：啊！啊！］他的神情那么悲伤，带着一点想要接近我的欲望。

当然还有若尔热特·列维。我不会谈起拉丁区，或者哲学小组的事，踢一场足球或者喝几杯柠檬水的时间，就穷尽了这些话题能给予我的东西。当然还有梅洛-庞蒂，他输给我之后这么气急败坏，可他人又那么善良（我担心只是表面上善良，都是虚荣心在作祟）。我之前不太敢接近拉加什，尤其是列维跟我说了那些话之后。她怎么会不愤慨呢？① 也许是我的天主教基因才让我反应这么强烈。我明白一切伦理都是不道德的，我喜欢纪德，但我其实只受得了那些创造了跟我一样价值的人，他们的内心审美也与我一致。我甚至不会尝试去改变这些。一种深深的抵触，无论别人说它有多大的价值。有机会的话我也会与冈迪拉克聊天。这一切已经归于平淡。他们都离我这么遥远，这么遥远！

3）做一些事。"每天两页，妙笔生花。"斯丹达尔说。强迫自己每天思考两页或者其他类似的东西。

---

① 若尔热特自诩是"普鲁斯特笔下的女门房"，她曾告诉西蒙娜·德·波伏瓦达尼埃尔·拉加什有同性恋倾向，还对擦地板的工人情有独钟。——原注

80

4) 听音乐：科洛纳，帕德卢，等等。

绘画，文学，戏剧，我想以比较大的强度、带着比较大的热情去做这些。散步，聊天，消遣。

5) 生活。

那些团队都没有吸纳我，无论是讷伊的团队，还是我的家庭、我的阶层，我也不会任由自己被索邦大学所吸纳。我不要做"贝特朗·德·波伏瓦小姐"，我要成为我自己，不被外界强加的目标所影响，不受社会规约的限制，我身上业已附着的将继续附着在我身上，就是这样。保持一颗高傲又富有同情的心。

我的消遣就这样安排好了，我难道不能这样处理灵魂的命运吗？

七月七日星期四

说起来，上周四，整个上午、下午，我都在默西尔小姐家里烦得痛哭流涕。这！我想的是，成功的美好生活！啊！空虚，虚无，虚荣……

又一次，我因为别人对我的爱而变得强大。下午在列维家过得很愉快，我们一起读诗、翻翻画册——和米盖尔进行长时间的交谈，他对我来说越来越重要——西蒙娜·韦伊经常说起阿兰——默西尔小姐——还有蓬特雷莫利。而后遇到了若泽，让她开心，我也高兴极了。我写信给雅克，不是因为我多么想这么做，而是因为可能他很希望我这么做。我读了斯丹达尔、阿米埃尔……我现在身处何处?

今年我成功做到了两件事:喜爱哲学并养成学习哲学的习惯，以及认识了许多人。去年，我学着认识我自己，认识雅克，认识文学和艺术。我发现了内心世界，我感受到了生活。那个冬天几乎只充斥着爱与痛苦。这个学年结束的时候，我接触到了其他人的生活，接触到了生活本身，因为阅读和交谈，我学会从哲学的角度严肃地提出自己的问题。我热爱这些问题，深深地爱着! 或许，当我发觉在如此美好的一出戏剧里，演员们都和我一样经历着，承受着痛苦，我会难过得不能自己，一切都会在眼泪中土崩瓦解，而我若旁观这场剧，我又是多么热爱它，内心多么欢欣雀跃! 我与演员们交流，我重塑他们，走进他们的内心，为他们的存在而陶醉。如果我把自己也视为其中的一名演员，我会为自己鼓掌，如同取得了一次真正的成功。到那时，对这场伟大的游戏所怀有的热情会填满我的心。这是我创造的，多么美好的生活啊! 可若这是一种必须承受的既定，那会让人多么痛苦! 生活，行动，充实地存在! 因此我想要做点什么! 我不能让这些我所感受到的思想、财富溜走。我要鼓起勇气!

我不停地下决心，可我从来做不到。然而……明年我在学习上几乎没什么可干的。我要读的书也不多了。我必须开始创造属于自己的作品。

一方面，每天把自己所做的、所看到的、所思考的记录在日记里（而不是沉浸在不能名状的飘飘然和毫不确定的胡思乱想中）。另一方面，每天花两个小时投入我所选定的工作中，从现在起到十月，我将做好选择。再过几个月我就二十岁了。我的学习生涯将基本结束；我会继续学习、阅读、理解所有本质的东西以及本质外的东西；我会用我的智慧和内心去体验，去认识一个更大的世界。我甚至开始靠自己去思考，不能再浪费时间了。需要开始工作了。如果我活着，那就必须完全接受这场游戏，那就必须拥有最美好的人生。我不知道为什么我会在这里，但既然我待在这里，我就要建造一栋美丽的大厦。要好好地忙一忙……

　　（而且，和蓬特雷莫利的交流给予我的力量将很快消失，但没关系。）

　　首先要有胆量。我会害怕被嘲笑吗？我常常为自己能直面嘲笑而感到高兴。我害怕工作吗？当然不害怕。我非常确信。诚然，一份友谊对我来说很珍贵，它能支持我——但既不是莎莎，也不是布洛玛小姐或者任何一位年轻女孩，或许是若尔热特·列维，肯定是她，如果我可以告诉她这些，与她讨论，但她过于专注于自己，无法真正地给予我支持。雅克让我惶惶不安，他对待什么都不够认真。我无比珍视与蓬特雷莫利的友谊，他智力平平，但深沉、严肃、敏感、专注，和我一样对文学和哲学有理解力，而且对我的共情显而易见。（他有位朋友给他写了一封信，里面对阿兰的评价非常有趣，值得我去认识、去结交。）

我重要的朋友越来越多，与其他人的友谊也越来越深厚，那么雅克又会成为怎样的朋友呢？我知道，除了他以外，其他人身上都带着一种无限，我绝对不再需要他来存在，他只会妨碍我。可每次当我在心里有些放下他的样子的时候，他都会出现，于是一股巨大的爱的波涛又会在我内心涌起。"我常常想念你。"我在给他的信中这样写道。的确如此。我为他牺牲了我的考试，但不会牺牲我的作品，如果我想写出一部作品的话，当然也不会牺牲我自己。而且他不会这样要求我。我无法在一种爱里沉睡——我拒绝臣服于任何一个人。［旁批：哦！］但其实我不知道……或许我会为他牺牲一切，所有的一切，而这并不是一种牺牲。怎么办？首先不能把自己分散在零星的工作中。如果有让我觉得有意思的思想，记录下来，认真地留存好，但不能在一片混乱中被这些思想牵着鼻子走——或者我会重新发现它们，将它们融入我所选择的工作中——或者当我做完选择好的工作之后，它们成为一项新工作的起点。不要着急，每天工作两个小时，无论是否能妙笔生花，即便我认为不会有任何成果，我也要相信会批评、会认真对待我的人：巴吕兹、列维或者蓬特雷莫利。

我有两种倾向：1) 描述和创造，不断地重新创造生活；我闭上双眼，根据经历所带给我的体验，在眼前重现出绚烂而又感人的现实。我创造我自己，我创造我的历史，我经历，我让其他人感受复杂而又热烈的浪漫故事——因此需要把所有这一切都写进一部作品，在这部作品中诉说一切，让每一具身体呼吸的同时细致地分析每一个灵魂——我知道自己渴望的是什么，也知道自己无法做到什么，这种内心世界的客观化靠任何一种手段都是无法做到的。因此从这个意义上说，必须探寻和尝试：明确自己的渴望，摸索着去准备一部伟大的作品。2) 分析、理解、更深入地挖掘内心。因此必须要去实现。这是可行的，并不需要创造生命，而是去思考已经被创造的生命。我认为必须要从那里着手。必须非常深入地研究我所感兴趣的那些问题。

这个关于"爱情"的话题是那么引人入胜，我已经有了大纲——应该由此出发，结合由爱情生发的性格问题，与爱情、性格都极为相关的信仰问题。还有友谊这一话题，更简单但与爱情也有着千丝万缕的联系，包括友谊的危险，它带给人的教育的本质，简单地说，就是不同的人是如何对彼此产生影响的——对这些话题做一些非常简练、细致的描述性论述，同时做一些跟教学相关的研究，会非常有意思。必须有勇气去写作，不是为了阐明观点，而是为了发现观点，不是为了包装观点，而是为了激发观点。要有勇气去相信这些观点。

要是我强迫自己每天花两个小时在我自己的思想上，而不是对其他人的思想狼吞虎咽，该多好！而且不要无数次地重新开始同一件事。我总是把一切都留在草稿的状态。我要强迫自己从假期开始，不看书也不干别的，单纯思考爱情这一话题，这样到十月份就能把这个话题弄清楚，十一月初至少能交给巴吕兹厚厚的三十页，条理明晰。我看看到时他会说什么……

"我崇拜您，因为您就是一种力量。"我要把这句话告诉列维，我比我想象中更加思念她。对莉迪娅·克莱曼的愚蠢和埃莱娜·阿尔方德里的幼稚，我并不感到惊讶，但她们让我想到其他一些事情……我的坚强和我的脆弱！

七月八日星期五

度过这如此平淡的一天后，夜晚显得愈加灰蒙蒙，愈加伤感。我躺在床上，读着莱昂-保尔·法尔格的诗，这些诗完全代表了我灵魂的颜色，我看见几只鸟飞过布满云朵的天空。我渴望着一封来信，可我并没有收到……多么空虚，多么烦闷！我又想起了几张友善的面孔，可我最爱的那张脸带着痛苦不断地向我微笑。在时间和空间中的这一点上，犹如在一片浩海里，我又踏上了怎样的漫漫征途？一段不知终点在何处的征途……这个故事没有任何意义。

无论在艺术或是在几何中，我都没有注意到有宽容。这让我从这段悲伤的友谊中解脱出来，这段友谊想要告诉我："您是不同的，而我也是不同的。我们就彼此忍受吧，因为我们别无选择。"因为这种包容，所有的美好一开始就失去了。伟大的友谊、伟大的手足情要求更高。歌德的话令人赞叹："原谅所有人，甚至那些我们爱着的人。"这句话之所以令人赞叹，因为我们无法照做。因为如果有人对艺术表现得无动于衷，或面对几何执拗顽固，那么只有轻视他，才能让我们自己不那么难过。也许这样的要求有些过高了，但我们没有权利降低要求。最美好的就是尽可能严厉地去要求，因为我们想要的是自由。我们想要的，是可以自我成就的东西。这才是我的同类。他拒绝这么做，而我想让他这么做……这种严厉才是世间唯一的善。慈悲不会给人带来什么，它只会索取。

——阿兰

七月十日星期日

昨天跟米盖尔和蓬特雷莫利道别的时候，我心情欢畅。昨天若泽也很开心，她发现我把她当成了朋友。但从别人带给我的东西之中，我自己能获得什么呢？我想到了所有依恋我的人，我很难过，因为我不太依恋他们！今天，只有对他，我才一无所知。

默西尔小姐试图让我皈依宗教。她跟我谈起了博萨尔神甫，他想要见我，我想到了列维说的话："您会被这边吸引的。"确实如此。今天早上，当我徒劳地去向圣克卢的时候，我热切地期望能成为一个做弥撒的年轻女孩，所走的每一步都是平静的、确定的。雅克对莫里亚克和克洛岱尔笔下的天主教一直没有完全失去兴趣，他对我的影响多深啊，在我心里他占据了怎样的位置！然而我知道我再也不认识他了。我不渴望相信：信德的行为是最绝望的行为，我希望我的绝望至少能保持着清醒。我不想欺骗我自己。而且这一无限的上帝，他若能拯救我，也只是把我当作芸芸众生，可我想要拯救的是我作为个体的全部。我必须厘清自己的哲学观点，或许我可以开始这一叙述，这是我想要写下来的。我的思考催熟了那么多观点，我和朋友们的谈话又使这些观点变得更为明晰。对我这十八个月来的思想，我应该做一次清点，回顾和深入研究那些引起我关注的问题，对这些问题，我过去急切地给出了答案。它们的主题几乎总是离不开自我开始生存以来，始终感受到的我与他者的对立。现在该是时候做一个概括了。外部的影响不必理会，一切寻求写作的渴望也不考虑。我用完全属于自己的风格去写作，致力于好好地表达我的感受。

我抄下了阿兰写的这一页：苏格拉底真的愿意在自己的同类当中找到自己吗？我知道在每个人的心中，思想的准则都是相同的。但我并不认为只存在一种做出正确判断的方式。这取决于每个人或明白或暗中承认的公设，而对公设的选择权是交给每一个人的。这取决于他的性情、感觉以及构成每一个人独特个性的不可回避的既定。我应该读一读莱布尼茨，我那么强烈地感受到难以察觉之物的原则！我讨厌将质量简化成数量的机制，这种机制会规避质量的重要性；同样地，我也讨厌将人简单地看成相似的而只是组合方式不同的倾向，这解释不了什么。无论是组合方式的多样还是要素的多样，总会存在一种与同一相排斥的既定。这也是为何我觉得自己不是现象而是本体——质量就是在经验层面上的本体的反映。我相信这一说法，我视其为一种唯一表示性质的东西。那为什么会产生这种相对的客观呢？为什么我们无法不承认几何呢？因为这其中的公设是明确的，同样我们从一种真理走向另一种真理的方法也是明确的。我们观察一种非我们自己创造的真理——同样也是用形式逻辑。但一旦我们真正开始思考，从某种程度上说就必须创造我们自己的真理。因此当我们欣赏一部艺术作品时，一种……的自发性便会随之而来①。

克洛德来了，跟我说起了雅克，他很烦恼。多么让人伤心！多么让人伤心……我在这里，而他在那里……我们一定会有些想念彼此，但我们是孤独的，如此孤独……"无路可走"……但要是你愿意的话，雅克。

七月十一日星期一

还是压抑的一天。索邦大学校园里飘荡着雨季浓重的潮味，可我还是照旧去了那里。但是在卢森堡公园，早晨是清新的，充满了花香，让人觉得生活是纯粹美好的。我重读了夏杜纳的《不安的青春》②，这一切依然值得回忆。

---

① 句子不完整。——原注
② 于1920年出版。——原注

哦！我的天！我的天！怎么任何一本书中都没有写到身体的疲乏，精神的巨大倦怠，不抱希望的内心。我这样说出来，又有什么用呢？晚一些时候再重读这本书，我就会完全理解吗？

七月十二日星期二

蓬特雷莫利的信带给我一种很特别的感觉。他一定对我有好感，每天都会从多菲娜门来看我。而且，我能感受到一种比普通的同学情谊更强烈的东西油然而生，因为在他难过地与我告别之后，我就会想着给他写信。我很喜欢成为他的朋友。但这封信的字里行间还有许多未写明的东西，我害怕一种过于沉重的情感，我的心无法承受。我不会与他断绝往来，因为不是他也会有其他人，我将用整个人生去冒险。但我总觉得这个男孩他爱我，而这也确认了我的想法。我从一开始就对他实话实说，否则我的行为就像是在挑逗他。我只是他的朋友，除此以外什么都不是。

很奇怪。我不了解他。我对他的所有认知都让我爱他，但我更爱雅克，尽管也许他没有那么依恋我。要是我从另外一扇门进入蓬特雷莫利的生活呢？……我不知道。我只知道我觉得他很有思想，孤独，内心柔软，在想到一份可能的爱意时会怦怦直跳。我又想起了拉尼奥的告诫："不要宣称自己在行善，而是把不作恶当作最崇高的真理。"我知道拉尼奥说的对，而为了不作恶，我就不应该回应，但蓬特雷莫利对我不能说是无足轻重，因此我无法理性、冷淡地对待他。

我喜欢他在信中所展现的勇敢和果决。可我多么好奇，我会在他的生命中呈现出怎样的面貌，我又会多快地进入他的生活……（巴黎十六区，比若圆形广场一号）

我在思考一种观点：在某个人人生中的另一个地方，找到了我们认为最重要的东西，比如一本书，这时我们会感到很惊讶。《爱人》对我来说是进入一个更加艰难的世界的启蒙读物，而我却发现别人甚至还没有读过这本书！理解毕加索在我看来就是最高目标，但也有人可以很聪明，却不欣赏他，以此类推。再好好想想这一点。

想了许多，关于蓬特雷莫利。我立刻给他回了信，把所有的事情都说清楚。"即使我的生活已经围绕一种深厚的感情固定下来，我还是完全可以接受每一段新的友谊……"该来的就让它来吧。

星期六

想到了梅洛-庞蒂，我昨天在高师碰到他，刚刚又与他在卢森堡公园愉快地交谈了两个小时。

哦！以后能和这个年轻、直率、单纯，这么快乐又认真的男孩在一起的女人该是多么幸运啊！……我今天在做斗争，反抗对你这艰难又令人失望的爱情，你如此的犹豫、复杂，却丝毫不做作，那么真诚，但也令人厌烦、沮丧，你不写信。对你，我有时感觉爱情离我很近，你常常让我猜到爱意深沉，却从来不会对我付出一丝一毫。想到你，一切都是严肃又沉重的。想到这个更投入却不那么情绪化、不那么敏感的男孩，想到这个如此善良的男孩，我终于明白，我与你之间的羁绊是多么微不足道，只有手记中充满热情的几页纸，在你家门口的颤栗，在巴黎不顾一切的奔跑；爱情又是多么容易被另一份爱情所替代。这一声未说出口的"感谢"，这一声"再见了，我的老朋友"，这带着温柔和信任的微笑，是如何让我成了我们爱情的奴隶。爱情是小事，但这段伟大的友谊，我无法从中逃离。因为知道这一点，我才很痛苦。正是在我最爱你的时候，我更加厌恶我对你的爱。奇怪的爱情。你有错，我也有错。这份爱足够确定，才能让我活下去，足够遥远，才能让我体验各种情感，包括我孤零零一个人时所感受到的绝望。无论如何，要是我想保留这份爱情，那你必须是一种稀有的本质……重见他之前，我以为他与你具有同样的品质。如今我比以往更喜欢他，热切地希望与他成为朋友，我还是发觉他和其他人有点相似。但他的坦诚是那么吸引我，他关注着那些本质的东西，对我这么友好，特别是对待知识那么诚实。他爱我，是因为我身上的青春气息，或许不管怎样，我就是年轻的，因为我有能量无数次从死亡中重新站起来重生。

此时，新生的树枝郁郁葱葱。它们完全遮住了底下的深渊①。

星期一，我会跟他解释一切：我是如何从采取行动开始，为了必要的行动而摆脱自我崇拜，巴雷斯和佩吉，还有我是如何看清这一切都是海市蜃楼，生活对我没有要求，我如何寻求一种约束，而且我发觉没有什么是值得的，我的绝望，我现在的位置：我不再期待、不再希望任何东西，既无法接受生活，也无法拒绝生活。

七月十七日星期天

今天还是如此，我常常想到这位迷人的同学，我和他在一起时立刻变得直率沉着。生活怎么可以根据把这个或那个人变成中心而具有完全不同的"面貌"！下午过得很快，我写信给朋友们，很开心，我的快乐也感染他们。因为他，我度过了明媚的时光。

……我刚刚重读了六月三日写的手记。你更加隐秘，更加难得，也更加苦涩，是不是真的要对你说抱歉，因为有时我对你厌烦，如同有时候我厌烦自己一样？我不知道。我给你写信，你没

---

① 树枝的意象是从莫里亚克那里借用的。西蒙娜·德·波伏瓦在《一个规矩女孩的回忆》中做了解释："莫里亚克的一位年轻主人公认为，他所得到的友谊和快乐就像一些'树枝'，摇摇晃晃地把他支撑在虚无之上。"这里指的是《肉与血》（1920）中的克洛德："他自觉地使用了这一表达，把自己比作深渊之上被某根树枝支撑住的人。"——原注

有回复，我无法猜想你的神情，你在这里似乎你又不在这里。于是我对自己说：对他来说，我到底算什么？我想起一些模糊的言语，不连贯的话，所有让我隐隐觉得不自在的东西，只要你不在，就无法把它们驱散。模糊的面庞，即便对于爱你的人和了解你的人也是如此。或许因为我的羞涩和你的羞涩，无法让我们在交谈中诉说一切；或许我们在沉默中说了太多——于是我对自己说：他算什么？我知道这样不好，应该给予完全的信任，你不应该承受这些猜疑、这些焦虑、这些冷漠，我知道你很艰难，正因为这样，你才需要我来理解你。我对自己说……我预见到我将流下内疚的眼泪，就如有时我也曾流过这样的眼泪一样。可这一切似乎已经结束了！似乎一切都结束了！是我的错，正是在我不那么爱的时候，我感觉自己没有那么被爱，我无法想象你今天的样子：或许你在思念我，或许你在痛苦地沉思。哦，我的朋友，对不起！不，还没有结束，我已经在为那些闪亮的日子里没有你的陪伴而悔恨流泪——为了让我平静，让你在我的心里沉睡，尽管这不太好，但我同意这么做。然而我永远不会在你无法为自己辩护的时候，对你进行审判，宣布这一切已经死亡。

我们是多么笨拙、犹豫、复杂、纠结！为什么不能和别人一样，哪怕只是与他们有一点点相似……我还是那么怀念这份危险的爱，在梅洛-庞蒂的微笑中，有他对我平和又确定的爱，可为什么这样的爱还是不如我对你那泪水涟涟的爱强烈！

为什么想到我之于其他人的意义，会感到这样一种可怕的无力？站在他们隐秘内心的门口，我惶惶不安，这不再属于我——有些人还将其意义系于我身上——而拥有我的雅克，他会觉得这份财富有多少价值？我很清楚，在别人眼中，所有他们不知道的东西使我具有巨大的吸引力，而他却像一个可怜的完人那样悲伤地、忠诚地、艰难地爱着我！我年初所写下的这些怯懦的话并不是胡言乱语，"一个女人只是美好世界的一部分"……其他人爱我，我爱他们，但爱上的都是假象，我们关系的吸引力由此而来——其实我们之间残酷的爱是那么真实。

雅克，一旦想到你，我就难过，我不知道为什么你的人生是悲惨的，我又重燃了这种巨大的渴望，去年冬天，我正是怀着这样的渴望而常常泪流满面。渴望你的出现，渴望你的柔情，单纯地渴望你的微笑！

七月十八日星期一

我与梅洛-庞蒂的谈话对我有很多启发，对他，我原本抱着一种共情，但慢慢已经发展成深深的爱意。我还是全新的，因为说起来真正的生活才开始不到两年。一开始是激情中夹杂着痛苦，但总归是激情：加利克，行动，自我崇拜，之后所有这些价值坍塌：没有苛求，雅克的影响，他看破一切，常常带着嘲讽，又很容易泄气，于是便是绝望。

好吧！庞蒂说得对：我没有权利绝望。我承认，绝望是有理由的，而且要求被表现出来。说一句"一切都没有价值"，两手一摊，坚定地认为不可能有任何事是确定的，这太武断了。布洛玛小姐对我说过这些，尽管她说得不准确，在与庞蒂的接触中我更明白了这一点。我还是太女性化了。我说："我寻找我所需要的，而不是那些存在之物，但我知道，我所需要的不可能存在。"而我同样也在陈述一种公设。首先必须要寻找存在之物，而后我才能知道我是否应该继续绝望。

诚如他们在《思想》中所说的那样，那些热爱追求真理胜过热爱真理本身的人，永远不会得到救赎。我并没有那么渴求真理。与我的故事无关，都是些空话。我要利用假期去追寻我所相信的。

然而，如果我试着不带激情地思考，说"我没有理由去选择绝望"，那么我同样也会说"我没有理由一定走天主教之路，而不是走上其他道路"——但是我也不想认可像甘代所说的那种乐观主义，不想认可一种通过断然的命令所证明的人类真理，或者一种非形而上的伦理学。我或渴望上帝，或一无所求，可为什么非得是基督徒的上帝呢？恰恰相反，天主教向我的心灵诉说了太多，以至于我的理智无法相信它。传统，遗传，记忆让我相信它。否则，为什么要转向它，而不是转向其他——梅洛-庞蒂，您跟我从小所受的教育不同，难道是您不受任何激情影响的理性吸引您走上了信奉天主教的道路吗？您自己说过，提问题的方式是最重要的，其中甚至蕴含着答案。所以当您说：我完全公正地审视天主教的教义，您难道不会弄错吗？公正也应该体现在您提出问题的方式里。

星期二上午

昨夜我睡得很不好，一直在想所有这些事。我亲爱的朋友们，你们不喜欢年轻的女孩，但你们想一想，不仅她们有理由得到满足，一颗沉重的心也应该被压制。从这点上来说，我愿意保持女性的身份，头脑更加男性化，情感更为女性化。（而且跟我亲近之后，大家都承认我和其他的年轻女孩不一样。庞蒂啊，那个金光灿灿的傍晚，在绚烂的卢森堡公园里，您对我说的这句话多么动听，我的朋友，您是那么谦逊，那么单纯，那么迷人！）

我审视了自己的良知，以下是我的发现：我骄傲，自私，不太善良。雅克也让我感觉到了这一点。是的，我常常厌恶我自己，我想我可以在上帝面前表现得很谦卑，但我在人类面前无法低三下四，我封闭在自己的象牙塔里，说着："谁有资格进来？"有时我会打开门，也只是有时而已。但有些人确实比我好得多，这种高傲的态度非常愚蠢。自私——只要别人不是我，我就不会喜欢他们，我很容易轻视别人，而在轻视别人的时候，我再也不需要付出努力。不太善良——我的评判很严苛，可我又有什么权利呢？即便这些唱着下流歌曲的男孩，我也应该带着同情和宽容喜欢他们。我嘲笑他们，可我应该感到难过，带着一点温情。我很残忍，很残忍，又骄傲……所以，我的女孩，要意识到你的不幸，还有你的懦弱！你在一座美丽的花园里走了五分钟，然后到了一片满是石子的荒漠，而你身后，门已经关闭。你又走了五分钟，接着躺在地上，你大声哭泣，因为整整一年，你都在寻找一种舒服的姿势，却始终无法找到——路过的人都说"这里只有石子"，你说"为什么"，你是对的，但你心里也在说"这里只有石子"，那么"为什么？"只得起身，一直走，走到最后一天。

这种姿势似乎是显而易见的！与别人接触是好事。当我们看到另外一个起点的时候，就会意识到原本的起点并不是必须的，我们会仔细分析，然后隐藏的坏处便会呈现在眼前。我知道现在是在诡辩。我心想"我要找寻，向前走，我没有权利停滞不前"，可立马又想"有什么用呢，谁会在乎，跟什么较劲？"而其实，就是这句"有什么用呢？"我无法找到答案。如果有答案的话，那么不仅能回答这个问题，其他问题也会迎刃而解。如果没有答案，那么答案其实就是"有什么用呢？"。但是只有当我看透了它，真正发现确实没有答案，我才有权说出来。况且，真的永远找不到吗？当所有的一切都在告诉我"不"的时候，我便永远不会知道是否有一个问题可以用"是"回答。放弃追逐，常常意味着过于草率地归纳，没有根据地泄气。我用诡辩掩盖了自己的懦弱，哦！

您看，还是应该允许我有些漏洞，因为我才刚刚开始学哲学十个月，因为我几乎从未跟聪明的人聊过天，我是在一种巨大的智性孤独中塑造了我自己，尽管周遭的环境并不友好，尽管其他人反对。而且我一点也不自夸，有的只是强大坚定的意愿和一腔的真诚。

要是我能与有才华又真诚的人生活在一起，该多好，我一定会无比地信任他们。我原来一直囿于自己的判断里——说到底是一边仰仗着自己的理性，一边却在怀疑自己的理性。应该改变这一切。我要热爱真理，而不是热爱追寻真理。

（但我害怕自身的问题常常会影响我，但这一次，我觉得这似乎涉及一些本质性的东西！）

只是……重新回到我刚才提及的比喻上来。要起身，向前走，没错。庞蒂说："眼下有这条路（天主教），我想看看是不是走得通。"我说："为什么要是这条路？我觉得走不通。"或许，在走到终点之前，我没有权利做出这样肯定的判断。可我担心这样会浪费我的时间，不然我可以在另一条正确的路上走得更远。

我否认实体的那篇论文与我向列维阐述的现实主义是相悖的。我太容易满足于这些悖论。但我的解释是：我需要的不是所有，就是零。庞蒂说"最好让'变成'为'存在'让路"，而我一旦看到系统中有瑕疵，我便会放弃整个系统。对那些假如完美无缺我就会喜欢的东西，如果它们并未完全成型，我则会加倍地讨厌。相信我会用我的理性找到真理吗？可为什么一定是我，而不是楼下的门卫呢？那些不研究哲学的人难道注定是错误的，他们难道就不需要真理吗？那我为什么需要真理？

聪明的人是天主教徒……是的，但他们不带着激情思考吗？从定义上来说，不会，因为他们乞求恩典（冈迪拉克等等），不会质疑天主教，只会在天主教内部用理性规定教义。单纯的理性无法导向天主教，需要恩典。

一切哲学的解释都将您置于一堆残渣面前。理性只带来一些与人相关的东西，一种笃信的需要——第一个罪行难道不是思考吗？正因此，我不认为哲学会向我们揭示世界的奥秘，我们封闭于理性之中，只能用理性去评判理性：恶性循环。必须要重读并好好思考康德、柏格森、笛卡儿。同样地，他也是从对理性的信仰出发的。读康德，我认为人无法抵达本体的世界。存在不等于实体，在现象的范畴里可以找到存在。当我说"我相信实体"，就如同我说"我相信因果联系"，我想说的是"我在实体的范畴中，如同在因果联系的范畴中看待事物"，但这并不是说有一种实体存在。康德和柏格森都将理性从本体中分离出来，而您承认理性能抓住本体。

我从审视良知和忏悔祷告开始，我承认我应该找寻，但不是在天主教之中。我很担心自己前后矛盾，但在深入研究之后，我还是发现我的哲学并不像我想象的那么虚无缥缈。庞蒂将自己的哲学建立在对理性的信仰之上，而我的是建立在理性的无能为力之上——这能证明笛卡儿比康德厉害吗？我坚持索邦的作业里得到的结论。

您好好利用理性吧，您会抵达残渣和非理性的。

但确实，在宗教中是存在奥义的。信仰：对理性的怀疑。如果我是逻辑自洽的，那么我就必须承认这一点。我明白了信德的行为，至少是在灵光乍现的一瞬间。

五个小时。

这些事，我一句也没跟他提，因为我们一直待在高师，无法随意交谈。不过明天早上九点，我会见到他。我们之间的默契是那么纯粹、那么充盈！他有着与雅克一样的脸色、头发，连衣服的颜色也一样。他嘲笑别人时露出的迷人微笑，带着孩子气的神情，那么年轻，而我们在一起时，他又是认真的、严肃的。在高师的院子里，我们坐在草地上……他跟我说起了劳特曼和巴吕兹，他和我那么相似，那么喜欢带着善意讽刺别人，那么，那么……我多么高兴能帮他一点小忙。总之，我也不会遗憾到现在才认识他。这些日常的交谈太吸引人了，夹杂着思考，在巴黎，在假期中。我们明年还会再见。

友谊伊始的时候，多么让人快乐。莫里斯·梅洛-庞蒂……我已经爱上他了！为什么是"已经"？唉，其实是相反！

高师真是老旧：脏，都没有好好打扫……但院子里有喷泉，还不错，偶然看一次，很有趣（特别是当梅洛-庞蒂也在场）。

七月二十日星期三

我学会了一些东西。现在必须继续学习，但尤其必须渴望真理。我很羞愧！我很羞愧！当我见到梅洛-庞蒂的时候，我对自己的无动于衷感到羞愧。我很伤心，我发烧了。我觉得我对他的爱已经多得溢出来。

二者居其一：一种情况是有某种真理是理性所无法理解的，因而我永远无法抵达这一真理；另一种是有某种真理是理性可以理解的，那么我只能用我的理性去把握它。无论如何，都要选择理性。有百分之九十九的可能，第一种假设是成立的，那么从逻辑上说，还剩下百分之一的可能，我必须利用自己的理性，因为再也不能随心所欲地表现得无动于衷。这一点是肯定的。如果有一天我说"有什么用呢"，那一定是因为懦弱，我会牢牢记住。我告诫自己要好好努力。这不会一帆风顺，但我必须要这么做，只要有一丝机会。不能再以玩笑的心态对待哲学。要把自己的思想系统化，并相信思想的价值。阅读，如同一切都已经达成，而不是默默地相信这一切都是谬误。继续深入，认真对待这一切。对自己更严苛，而且不要总质疑别人。

我听到各种赞同的声音，受此影响，我得完成多少计划？但这和其他事情是相关联的。（同样地，这难道不也是一种诡辩吗？不信教的人说，天主教未经证明是对的。我脱离了宗教。那它被证明是错的吗？神甫这样回答，您应该继续待在那里。要是哪方都拿不出强有力的证明，该怎么办？这就是信仰中超理性的因素，它寻求的是证明，而不是发现。可为什么不去证明佛教或者其他宗教呢？如果一种宗教是对的，在用理性追寻它的时候，直截了当，那么我们无法认为它是错的——如果它是错的，我们也会认为它是对的。这就是为何在无数不信教和信教的人中，前者更让我吃惊。）

目前，我还无需操心宗教的问题。应该有条不紊地、认真地展开哲学研究。不要仅仅停留在找论据上。一旦得到结论，就要写下来。关键是：重读《思想》杂志，研究一下神秘主义。对康德和柏格森的理论好好思考。研究柏拉图、莱布尼茨和托马斯主义。研究后康德时期的哲学。一学年的计划，很周全，我一定会完成。

尤其：为我自己而思考。

（哦！疲惫，烦恼，确信绝望地求助于哲学是徒劳无功的——但是，我愿意，我必须做到——谁能帮助我达成呢？我自己。）

两个出发点，一个关于真理，一个关于上帝。真理存在吗？在我们身上或在我们之外？被我创造的或被我接受的？主体论或批评论？这些问题已经预先假定了智慧的性质。真理是什么？哦！我的上帝，我的上帝，这一我们爱着的、我们为之付出一切的存在，真的不存在吗？我不知道，我很烦，我很烦。既然如此，为什么还要让人不断追寻？

所以！在抓住第一环之前，我几乎决定不再做任何努力，因为我觉得完全无法抓住最后一环。我不应该这样。冷静地推理。啊！还是得做点什么，让我自己变成一位哲学家！

为什么上帝可能不存在？哦！平静，我的灵魂需要获得平静。我想今晚见一见博萨尔神甫。

七月二十二日星期五（索邦大学小广场）

莫名的小伤感，又隐约有些快乐。有希望也有遗憾，在渴望重新开始的过程中，有期待，有放弃，有告别……哦，您那令人痛不欲生的爱意如枷锁般束缚着我，让我心碎，在您抑扬顿挫的声音里，我臣服了（依附于别人的幸福是多么脆弱），有时又让我孤独，难过，我会孤零零地一个人想，我的朋友们怎么能离开我而继续生活。

美妙的日子，充满了对上午的期待，尽管一切都是习以为常的：我九点半到，坐下，听考试①的问题，我开始自问：他会来吗？他到了，没有戴帽子，充满活力，面带微笑，还是那么孩子气。我们一起待了十分钟，然后我们朝卢森堡公园走去，我们聊了很久，走得很慢……天马行空的交谈，有时浅显，有时深刻，我再也不会有像这样千金难得的机会，可这一切马上就要结束

---

① 指坐落在乌尔姆街的巴黎高师入学须进行的口试。——原注

了……宗教，政治，还有我们的生活：他的母亲，他们捉襟见肘的生活，但他依然快乐，这需要多大的勇气，而他告诉我这些，又带着怎样的诚恳！不过他比我单纯，行动起来好似他要追寻的都已经找到了，方向很明确。我怎么还是觉得孤单，心情沉重、空荡荡的！他只会单纯地去爱他将爱上的年轻女孩……我不希望这样，我想成为他爱的女孩。不管怎么，我和我的朋友已经亲近到我可以在他面前承认自己的弱点。很快我必须离开您，可又无法给予您更多，这让我很难过，放弃这一段生命中精彩、美好的时光，也让我很难过。

"大量的共同可能性"，里维埃的话，我多么痛苦。

至少，他带给我走向真理的真诚与热烈。但是他爱自己的方式与我爱自己的方式不同。他的思想一旦得到满足，他深邃又明智的心会趋向平静。他活着，他懂得生活。而我，我呢……

然而我认为，我是怀着极大的真诚走向严肃的简单化。文学，悖论，爱纠结的癖好，这些都从我身上消失了。我变得更朴实、更平和、更自信，也更安心，我是否可以更好地承载自己的人生？我寻找自己所有力量的真谛，我要把自己所有的力量变成我称之为善的东西，也许这本身就是善。引人入胜的书，暖心的友情或许都能帮助我，或许……

……而您希望的是一颗谨慎的心……

为什么一切都会变成痛苦？啊！没完没了的分析，有一日我会抛下您吗？这卢森堡公园的每一个角落都充满我们相逢的记忆，我好难过。

普鲁斯特说得很对，一旦我们失去了某样东西，那么再后悔就太不幸了，"我们应该在拥有它的时候便预见到这一失去"。我就是这么做的。当我享受这份深沉的爱意时，我就已经感觉它消失了，我的遗憾伴随着我的拥有。我非常难过，我永远无法摆脱这些与人相关的事。我永远无法停止疯狂地去爱别人、爱我自己，因为无限就在我们心中。而对于每一个人，我都无比痛心，他们都不会成为我生命的全部。我猜想、预感到的，甚至觉得自己没有权力去渴望得到的这份幸福让我深受折磨。我害怕不得不做出选择！不是一个外部的选择——这比较简单——而是深层次的，会改变整个存在的……在选择另一个人的同时做自我选择。

我又流泪了，就像去年坐在雅克的车里兜风回来一样……"在拾梦的心中拾起一个梦。"为什么我们爱的人不在身边。为什么还要爱呢？我那么爱他，那么爱，以至于我因为一种未说出口的痛苦而难过，因为一种我无法理解的隐隐的不自在而难过。

我越来越不明白人们所说的"爱情"是何物，当他遇到他的对象的时候，爱情是可能的，而对我来说，没有无用的爱情，每一次相见都会给我带来一种新的爱情，这种爱情是不可替代的，就像我所感受到的生命一样独一无二。逝去是可怕的，持续也是可怕的——无法消失在每一分钟里是可怕的，每一分钟都会消失也让人害怕。

如果我有上帝保驾护航，我还是会因此而痛苦。

但这些难道不就是我在爱雅克时所经历的撕心裂肺的痛苦吗？如今我甚至无法期待这种爱是相互的，可以让我们合二为一，正因此我更加痛苦。太强烈又太无力。我有爱，但是没有偏好。拥有这朵漂亮的玫瑰能宽慰我扔下这盆漂亮的石楠所带来的痛苦吗？还有，这只是一种愉悦，而我必须放弃的是对方本会从我身上得到的幸福。我渴望，又不渴望雅克在我身边。我心里充满忧伤，但这种痛苦不算强烈，因为我知道我的朋友他也爱我，而且明天我就能见到他。爱这一举动，抛开嫉妒、担忧、希望不说，其本身就是折磨人的。

我渴望工作，渴望成功，至少渴望在智性上也能有自信。要开始一种系统的建构，真是太累了。而我从此只能读一些论述本质的书，只能思考关于本质的东西。我想要上帝，可上帝又让我害怕，因为这种痛苦、这份爱、这流逝的每一分钟都是短暂的、微不足道的，不会包含无限，在知道存在之物是否能讨我欢心之前，必须首先要知道这存在之物到底是什么。我会做到的，但我也事先就清楚这不能令我摆脱任何一个痛苦的理由。"没有什么比有生命之物更美好，而生命即会消逝之物。"

在这露天座上流的眼泪啊！这样的苦涩！这些希望！最终都会消逝！最终都会消逝！

他平静地相信会有永恒，但我害怕，我很害怕。他和我，昨日还举止优雅，充满活力，面带微笑，亲切友好，而我们一旦埋到地下，再也没有什么能诉说我们的过往，什么都没有。要是我在您身边的时候就有这样的感受，我怎么能把您忘却。

我不想死去！

先从找出我有十足把握的东西开始。然后把我不确定的问题分类，反复阅读、思考。我有把握的都是一些否定的东西。我坚信机械无法解释世间万物，我坚信我的身体无法解释我的灵魂，我坚信唯物主义是错的。我要去上一堂哲学课，就像面对一群学生似的。把本质性的问题列一张单子：真理存在吗？是什么？自我（伦理学意义上的个人）。世界：从哪里来，到哪里去，为什么他存在：上帝。上帝与我的关系。

星期六

多么平静又快乐！

我们深厚的友谊诞生于这些分析、推心置腹的交流、漫步和微笑中。当我看到梅洛-庞蒂这么孩子气时，我对雅克的爱得到了确认，他们两个人会并肩而行，都会成为无限。如果把两个人分开看，每一个都一样伟大。我在这里又重新发现了自己的优势：如果说我比他思考得更少的话，那么我比他体验得更多，他在情感上的天真让人咋舌。我不会被他爱上，而且我感觉他完全没有这方面的想法。他只希望与我成为朋友，但谁会对我的整个人生负责呢？雅克他敢吗？

我无论与谁交谈，都会意识到他是那么单纯，但我们为此付出代价——就是这样，即便当我们都完全真诚，完全简单。我做过一些尝试，但不奏效。庞蒂都未尝试过，他只会因为眼前的路越来越明朗，才往前走。"莫里亚克的脑袋"，若尔热特·列维这样形容他。我把他放在明年要了解的人的名单里。但我丝毫不怀疑，他一定会是我的朋友。

他是多么年轻、孩子气、聪慧、认真、友善！

七月二十四日星期日

友情、信件（列维，蓬特雷莫利），分散了我很多精力。但算了！我在度假。我见了布洛玛小姐。她跟我讲了一些跟爱情有关的事，让我觉得好笑，雅克和我之间的爱情离她说的那些很远（身体之爱等）。确实，我们之间和大家不一样。我又会做那个奇怪的梦。关于宗教的信息很珍贵。她相信宗教，因为她需要某种东西，于是她说：这某种东西存在。但她的理性又在反抗，她的心让她相信，但她的聪明才智又阻止她相信。这样的情感太强烈了，太接近布洛瓦、都德，但比不上傅尼耶。我还是更喜欢脆弱可怜的莎莎！我可怜的莎莎！啊！我流着泪给她写信，希望这封信能让她得到宽慰。但我担心的并不是她的斗争，而是通过这场斗争她能赢得什么！她将把自己的未来寄托在过去之上，她会顺着命运随波逐流。而我感觉自己在当下是那么自由，那么充满创造力……可怜的莎莎！对这一点我毫不怀疑①。

我发现今年发生了五个奇妙的爱情故事：宝贝蛋和让，很容易理解的田园牧歌式的故事。布洛玛和她的未婚夫，深厚却（我能这么说吗？）平淡的爱情。列维和她的"搭档"，但这个小姑娘没怎么上心。我和雅克：这是完全不同的故事——最后是莎莎和这个可悲的爱人，她知道他配不上她，可她就是走不出来。庞蒂，您那么年轻真好，不知道这其中的哀婉动人。

对雅克的信任，我内心是平静的、十足确信的，尽管我自身并不是很自信，尽管这种确信常常试图在我心里丢下怀疑的种子。我不太明白，但我相信，这不需要付出努力。我的爱人……

我重又进入这个不真实却无比宝贵的世界。不是应该永远生活在这里吗？不管他们，放下难题，远离疲惫和辛劳，不受时空的约束，感受一个全新的当下，那里汹涌着爱的波涛。我常常徜徉在大个子莫林那个快乐的国度里，为什么我不能留在那里？冷漠，孤单，无比伤心……那些获得"恩典"的人，就像雅克说的，才能在那里生活。如果说这就是若尔热特所说的醉人的时刻，那么她说得不错：有这个时刻就足够了。诗句在我的身边飘荡，是充满慵懒和美好的诗句，友好的灵魂都离我很近。这是我

---

① 莎莎刚刚告诉了西蒙娜·德·波伏瓦自己在十五岁时爱上表兄安德烈的故事。他们被无情地拆散了。——原注

失而复得的伊甸园。

可这些有什么意义呢?

七月二十八日星期四

我羡慕他,这个单纯又充满力量的男孩,他过着平静的生活,他温柔的母亲珍视他,他静静地寻找一个真理,并希望能够找到。"贵族",他是这么说的吗? 没错。我无法摆脱这个念头,我是孤零零的一个人,在一个边缘的世界,看着这个世界发生的一切,犹如看一场演出。是残忍吗,是轻视吗? 或许是,但更准确地说是冷漠。我不做评判。只是有些人不为我而存在,有些人是为我而存在,仅此而已。他不允许自己做梦。啊! 做梦带给我那么多财富,这些财富,我都不愿意放手。我戏剧化的爱意,对生命的感动,还有不真实的阿兰-傅尼耶,我常常跟随他的脚步。诚然,我的情感比他更复杂、更微妙,我甚至拥有一种令人疲惫不堪的爱的能力。对这些问题,他是用大脑来感受,而我是用双臂和双腿来感受的。他经历过每天以泪洗面的日子吗? 我不想失去这一切。

但为什么会失去呢? 只要把我自己变得更坚强,即便背着重负,我也能前行。有两种态度是很懦弱的:带着重负坐下(这样很懦弱),或是扔了重负前行。有一种好的态度:背着重负前行。我将继续前行。我用的词是"怀疑论",他用的是"懒惰"。他说得对。我的懒惰是有理由的。没错，但不需要被原谅。

七月二十九日星期五

我为什么去见了神甫？我不知道。他对我说，理性不足以让人抵达信仰。我持怀疑态度。莎莎、宝贝蛋和布洛玛都从内心表示相信。我没有想过有朝一日成为天主教徒。不过，无论最后找到的答案是什么，我都会去寻找。

一学年结束了。让我们做一个清算。

这一年带给我数不胜数的财富：友谊、思想、情感，我感受到很多很多。应该奋勇向前。直至今日，我的思想还常常被情感所困，但庞蒂说得对，"情感是一种失败的思想"，我不想失败。我对生命近乎怀着一种迷信，我被里维埃、傅尼耶和雅克催眠了，不知道该如何超越他们。这也是为何当我重读手记时，才发觉我竟在原地驻足了那么久。思考，却也是生活。我会继续思考。我不会拒绝爱情，它能创造令人意想不到的价值，但我知道这不是最本质的。上一次放假时，我写下了反抗这一爱情的呐喊，它向我隐藏了我唯一需要的东西。没错：不应该把无限带入爱情，应该知道这是尘世的事。因此，今年冬天我发出了反抗雅克的呐喊，我在黑暗中挣扎。我走过了多少黑暗的道路？而今，我明白了。

我只会利用我的智慧去思考我的情感，去做自我反省……这会让我更充实，但我已经拖了太久，够了。从智慧上说，我和男人是一样的；从内心上说，多么不同！我觉得他们的心更宽大但不够深刻。他们更容易交朋友，更容易被人理解，更宽容，更有同情心，但这些在他们身上的表现与在我身上是截然不同的。对我而言，爱是一件痛苦的事，就如同邦达[①]所描述和指责的那样，爱是与另一个人合二为一，是一种完全的"共情"——而这些并不太能触动他们，也不会进入他们的内心世界。对于他们，爱是一个避难所，一种愉悦，而不是内心的渴望。

我不能也不愿意放弃内心的这些折磨和敏锐，他们太看轻这些了，然而……可为什么要做自我评判，拿我跟别人作比较呢？我就应该接受自己原来的模样。要是他们认为更纠结带来的是软弱的或不合逻辑的，又有什么关系呢？因为软弱，我比任何时候对雅克的爱都更强烈，因为他也同样软弱。

"制造点什么。"……"履行对别人的义务。"我觉得我并不欠他们什么，除了那些我爱的人！我也同样相信我有要做的事，现在……

不要为了纠结而喜欢纠结。成为一种绝对，坚定又正直，不要改弦更张来摆脱原本的困境。不要过分忧虑，不要任由自己陷入痛苦而无法自拔，对他也是一样。衷心地深深渴望在智性的范畴里，不要那么复杂。对某种思想不要掺杂情感，喜欢一种思

① 他的作品《教士的背叛》在这一年出版。——原注

想，是因为它能激发好的情绪。不要因为优雅而担心，心无旁骛地向真理迈进，揭示动人之物的渺小。严酷地对待我的思想，对待我的心，因为我的心想要奴役我的思想。不要把疲惫当作怀疑，不要把沮丧当作一切皆有误的证明。选择最难的事。变得更苛求、更严厉，拒绝逃避，否则我会被毒害，会晕头转向。从此开启一种真正的智性人生，庄严朴素，不可退缩，一往无前。每天至少花两小时的时间用来沉思，是沉思不是幻想。不任由自己被别人吸纳，只抓住他们身上对我有用的部分。开始过这样一种苦行僧般的生活，我对此已经很熟悉，去年就是如此。永远不要装腔作势，永远不要不问原因就鲁莽行事。如果要问"这一切有什么用呢？"，我会用佩吉的话来回答：

> 并不是出于美德，因为我们都不太有美德，
> 并不是出于责任，我们都不喜欢责任。

但这是我存在的深层次法则以及寻求我所期待的平静的方式。我不会给予这种解决办法以任何道德价值。（至少现在还不会，因为有一点需要厘清，这些我们无法逃避的、非做不可的命令从何而来，"这个我们用整个生命去试图理解的声音"从何而来……探寻真理、遵循真理的渴望从何而来？我不知道。都是错觉。到底是对什么产生了错觉呢？再说，除了遵循真理之外，也没有别的办法可以确保它值得或不值得。）

另一方面：还是要带着热情生活，不要摒弃任何幻想、任何爱。我憎恶那些在生活中总是考虑两方面的人，我也憎恶那些毫无理由却逃避的人。只要我还没有确定与人相关的事是毫无意义的，我就会义无反顾地投身到这些事中。而且它们值得，因为我值得。应该做到完整，完整就是说，不能像庞蒂那样只是看上去相信，只是把不同的倾向放在一起比较，而是完整地感受每一件事，无论是放在一起还是独立的。他说我有着让人惊讶的两面性。与口是心非不同。只有一种唯一的本质，通过每一种属性完整地表现出来。

必须爱，也必须评判。迄今为止，我只是爱，而评判对我来说是随意的。这就是为何当我说"我不爱"的时候，我表达的是斥责，而庞蒂在评判时会带着更多的包容。可根据什么来评判？对，我必须要找到能让我用来当作准则的真理。那是什么呢？是要重新构建这个世界，重新确定世界的等级，而不是选择像我今年所经历的混乱？也许是吧。可我不会构建，除非蓝图真的展现在我眼前，而不是像某个叫阿兰的人那样，依据的是一条自由的法令。这也是为何我担心自己走不出混乱的状态。

我的心是无序的，并想一直保持无序，我的思想是明智的，并想一直保持明智，你们俩能和平共处吗？不确定的青春的魅力，我轻轻地叹息一声，放弃了你们。我是完全地放弃。这种种尝试只有在我决定用手去采摘果实的时候，才是值得的。啊！我决心达成的这种平衡，我能做到吗？我不做任何牺牲，就能拯救自己吗？是的，如果有拯救这一说的话。

从明天八月一日开始，整个假期、整整一年，我都会日复一日地每天花两小时用于系统地思考，握着笔（手记的连续性）……我什么都不知道，什么都不知道。不仅找不到任何一个答案，甚至找不到任何一种体面的方式提出问题。怀疑论、冷漠都行不通——眼下宗教也行不通——神秘主义还有一些吸引力，可我怎么才能知道一种没有思考余地的思想的价值呢？我该依据什么才能决定摒弃它或者接受它呢？我愿意花两年的时间阅读、讨论、作碎片化的沉思。我将像一个野人那样工作，我不能浪费一分钟。而且不能忽视任何东西：与巴吕兹建立联系，完成作业，想尽办法去知晓，去知晓。

哦！我知道自己目前的生活：不是付出行动，得到教师职位或不管别的什么。而是一种充满热情、孜孜不倦的探寻。任何一份爱都不能让人忘记这样的探寻。即便我结婚，我也要带着我的哲学进入婚姻的殿堂。这才是最关键的，甚至为了拥抱哲学，我几乎可以接受一直单身。

不，因为爱情是生命的一部分，而我的哲学也必须成为我生命的一部分。沉醉在思想的浩海里，享受精神的孤寂。我将统治世界。文学，作品，所有这些与我严酷的决心相比，又算得了什么？

像野人一样，我将像野人那样工作，直到我知晓为止。

我给庞蒂写信的时候，会向他解释这一点：我就像一匹野马，人们会任由它随心所欲地疯狂奔跑，让它耗尽体力，直至它变得既充满激情又言听计从，但野马所付出的辛劳是无用的，它最终被驯服了，而我在生活中热情地奔跑，这会让自己变得更充实。不仅让自己变得更有人情味，更宽厚，更有教养，更成熟，而且充满激情。我投注在我的思想中的是同样的激情，因为现在我已经承认我生命中最深邃的便是我的思想。从前我不知道，人可以通过形而上的绝望来幻想死亡。一切都为求知的渴望让路，只为了拯救自我而生存。我不知道每一种体系都是热烈的、折磨人的，需要生命和存在的力量，是完完全全的悲剧，只要求抽象的智慧。但现在我知道了，而且知道除此以外，我再也不能干别的事。

这是庞蒂的缺点：他还一直是学生样，根据外部的规则来约束自己，他不粗暴。上帝的王国是留给那些粗暴的人的。他很乖。他认认真真地准备考试，他对每一个人都很宽容，他小心翼翼地走每一步。我感觉自己是那么的不同！我要是有信仰的话，那我可能在修道院里！我的考试进行得很顺利，人们应该看到我原本的样子，我还有别的事情要做！

这不是骄傲，但我很清楚我跟他们所有人都那么不同！我的朋友们无法理解我，因为他们把我归为他们同类。不合逻辑，充满悖论……这些都让他们震惊，他们就是这么说的。谁将跟随我，谁将永远对我忠诚？"他们"不理解佩吉，"他们"永远不明白与他们不同的人；他们会为了理应爱的东西辩解。跟我又有什么关系？我不会任由自己被他们吞噬。我将保留自己身上最不受人待见、最与人不同的部分。

八月一日

今天早上，跟庞蒂告别，不伤心，晚上又欢天喜地地去了雅克家。我觉得他是那么冷淡，或者更准确地说，我对于他的冷淡是那么无动于衷！就像一个局外人，一个被遗忘的人。当我说："是的，这是一种友情，我爱的是别人，再次见到他的时候，这份爱会重燃"，正是这份友情慢慢地滑到了首要的位置。我看着雅克，似乎我从未见过他一般：是他身上有什么特别不同寻常的东西吗？哦！这么轻浮，这么不严肃，他竟然把酒吧里的胡说八道、牌桌上的趣事和跟钱有关的轶闻当作是《新法兰西杂志》！我的朋友一丝不苟，热情四射，不仅经得起比较，而且会拔得头筹。这可能不太公平，因为雅克最隐秘的部分才是难得的、值得的——也许让人很难轻易摆脱，而这恰恰是最可怕的！

在庞蒂身边的生活多么安宁，多么幸福！没有似火的爱情，没有崇拜，没有百分之百的理解，因为我比他年长许多（精神上）①，更复杂、更难相处，我们在一起，有的是一种平静，不再渴望别的什么，一份令人安心的尊重，一种微妙的羞涩。不，

---

① 梅洛-庞蒂与她是同年的，都生于 1908 年。——原注

我并不"爱"他，但爱究竟是什么？感觉自己被掌控。现在已经太晚了，我再也无法感觉自己被掌控[旁批：这么快就被证明说错了！一九二九年]（除了身体的感受，但这一点被我无视了）。庞蒂不具备让我狂热地屈服他的条件，也不具备让我退缩并摆脱自己义务的条件，但在他身边，我会轻松地担负起自己的责任。

雅克离我太远了！我想起那些亲切的回忆也是无用的。我只能因感受到这些回忆已经消逝而痛苦，我怀念曾经有过的柔情……可我认为这样多好啊！曾经对我来说，适应他是一件多么艰难又痛苦的事；而现在，我却那么快就和他步调不一致了！要是我先认识的不是他，要是他没有因为我爱他而让我受到他的影响，那我还会受他影响吗？然而，他身上确实有些东西是比其他人更难得的，当然也有一些东西是缺失的，多么遗憾！

……我已经不再去想我写的和我刚才在思考的东西。我已经不再探究自己未来的心（可怜的内心充满热情、犹豫、不安），我对他、对我自己都有信心，我不会辜负他。并不是因为莎莎拥有的那种忠诚，她的忠诚在我眼里是一种失败，而是因为我知道他值得什么[旁批：可要是我不再知道了呢？还剩下什么？]如果糟糕的命运一直伴随着他，让那些爱他的人难过，让他们怀疑他、轻视他，那我就必须加倍爱他，以此补偿他。这让人生气，又无从解释，正因此我才想在他身边。只能顺其自然。可不管怎样，我是多么孤独！我比他们中的一个更聪明、更成熟，比另一个更严肃、更出众！我在卢森堡公园的一瞬间，伤心欲绝，想到经过十八个月如此热烈的爱恋之后，我发现自己的心空空如也，我知道那个能填补一切的人并不存在！［旁批：萨特——一九二九。］

勇敢点，让你成为你自己的一切。寻求你的真理；构建你的人生，美丽的人生；坚强起来，不顾一切地寻找自己，以慰藉即便在所有爱你的人之中也如此孤独的自己。再一次，我需要坚强起来！如果我不认输，我需要习惯这永远的孤独！我有一瞬间的眩晕，什么也抓不住。他说我是个人主义：我觉得没有人帮助我，我只能依靠自己，我只有我自己——我怎么能失去自己？没有人伟大到可以配得上我把自己送给他！［旁批：有的。但他不需要我这么做。］

对我来说，还有一个希望，那就是有时我从雅克身上看到，我所熟悉的爱情可能会重燃。但即便如此，我也很清楚，要想获得幸福，我就必须放弃自己最美好的部分！我可以爱他，带着激动和热情，像一个"他者"那样，但是友好地聊天，生活在一起，这可能吗？共同点太少了……他必须成为我的一切，我也必须为他忘记自己。要是我想到自己，我就会痛苦，因为当我与他不同时，他对我的爱是如此之少！他爱的是脆弱的我，而不是强大的我。［旁批：绝对就是这样，反过来说，我们就会知道萨特所说的"自为存在"是什么意思。］

孩童的爱情和幻想者的爱情。可也是明智的、大人的爱情吗？

害怕，惊讶，希望。我等着看将会发生什么。

庞蒂对我愈加重要：哦！高师的院子里，他坐在碧绿的草坪上，他走向池塘边，我们在雨中奔跑，我抓着他的胳膊，我们肩并肩地坐在卢森堡公园，我们坐公交车回来，他替我付了钱（或没替我付）……我们约会时他总是迟到，他微笑……我们互相吐露一半的心声……他谈起他母亲和冈迪拉克。他不炫耀自己的品味，宽容又单纯。他拥有一切我爱上雅克的理由。［旁批：还是这样！］

他是那么会安抚人。一个人不可能与一个精致的灵魂在最亲密的关系中生活十五天而不发生任何变化……我在那里留下了许多我自己。那他呢？我对他来说意味着什么？他已经酝酿好一句动听的话，我想收到他的来信。

倘若他爱我，那我爱的人便是他。［旁批：不。我把我所知道的雅克身上没有的一切都寄托他身上。］

但没有我，他也可以很幸福，而我认为雅克是需要我的。不管怎样，多么可怜的我！我要写信告诉梅洛-庞蒂，所有友情带给我的痛苦，只有他能理解，也只有他能抚慰！

八月二日

离开的难过，比去年好一些，那时我的心差点在眼泪中成为碎片。但这样离开，隐隐地有些伤心，内心充满不确定。

"我爱过吗，我还爱着吗……"唉，要问这个问题！没关系。万一他说出口，我只会在认认真真解释了一切之后点头答应。如果他没有说出口，我也确信，只要我想，另一个人他会开口，那我一定会答应！他是多么坚强、善良、单纯的人！他就是我的活标尺，在他身边，我会自然而然地遵照自己的法则。去年，我曾如此热切地渴望雅克对我微笑，我为他不在身边而痛哭流涕！啊！在科特雷，我流了那么多伤心的眼泪；而现在，现在呢……

我说这不是爱情，因为我的前两段爱情都是热烈的、满怀期待的。但现在这样的平静，稳定的习惯，信任，这些会是真正的爱情吗？来吧！我不会因为庞蒂不在就大放厥词，因为即使他在这里也不会改变我对他的看法。只要等待，我还有两年时间，才需要做出选择，至少两年，一点也不着急。

（最可笑的是，我一点也不清楚他是否愿意娶我。可我总是必须做出选择，必须下决定，必须清楚自己会怎么做，如果……我至少需要朝着理想的方向指引我的命运。

我清楚地知道，真正能成为一切、理解一切、与我手足情深又与我相当的人是不存在的！只有这些男人……）

我重读了这一年的信：充满了悲伤、幻想，疯狂的幻想，还有这些话："我不知道自己的智慧除了为我的心服务外，还有什么用！"我再也不会这么想了！如今的我明确、睿智，我再也不给马塞尔·阿尔兰写永远不会寄出的信，他描绘了一整个阶段的我。

我要对庞蒂说："您不着急，是因为生活无论变成什么样，您都是可以接受的。您追寻是出于履行责任的考虑，并不是因为自身强烈感受到的需要，要是上帝不存在，您也不会自杀的。而我则需要立刻知道，因为要是让我活着的理由不存在，我是会去死的。我的未来，我的职业，甚至我内心经历的冒险对我都如此微不足道！我曾抵达过怎样痛苦的深渊！身边的人和事我又看了太多太多……"他对无法弥补、无法替代的事物毫无感觉。

重读了蓬特雷莫利的信。真奇怪，我因为害羞而迟迟没有说出口的一句话，竟会让他如此难过！如此费心地靠近我！如此迅速地来看我并给我回复！我给他写过两次信：一封信是为了接受他的提议，同时也明确地告诉他我与他友谊的界限；另一封信是向他诉说我的故事，第一次因活着感到的沉醉，我面对无意义人生的绝望，我对死的向往，友情带给我的痛苦，还有我为了寻找所付出的努力，我对哲学的信仰。

在给若尔热特·列维的信里，我写下了自己质疑一切的意愿，因为我认为这是一种责任，摒弃任何一种公设的责任，甚至放弃自己所相信的东西的责任。

八月三日（梅里尼亚克）

前天晚上，我在附近进行的这一朝圣之旅，让那些平时在我眼里平淡无奇的时刻显得无比珍贵。每走一步，无尽的回忆就向我涌来：院子里的这一角，巴比尔跟我道别——那个地方，米盖尔在我身旁抽烟——这张石凳上，我们坐在一起玩耍……所有这一切都空空如也，无人问津，仿佛从不应该重现。而其实这一切永远不会重现！哦！事物与我们自己永恒而必要的涌现！同样的事物会让我们感到厌烦，也不再能满足我们，但唯有它能让我们平静，让我们无怨无悔。疯狂地渴望存在，存在同时也意味着变成。我流着泪想明白了一切：就连劳特曼也有与我一样的悲伤，我也看到列维的身影出现在我们画肖像画的楼梯台阶上。我和若尔热特玩过的这些游戏，一起在院子里读的书、上的课，图书馆里的埋头苦干、我们对自己的赞叹，米盖尔带我认识的共产主义，这一切都充满了令人陶醉的荒凉气息，让人爱不释手、欲罢不能。为什么这样一个毫无意义的动作（比如米盖尔挥散了香烟冒出的烟）会有无限的价值呢？我停在这个街角，他曾在这里跟我聊起了阿兰，我们曾在这里逗留。我带着一种奇妙又令人心碎的热情重温着自己所有的友情……而后我又从头回顾了那伟大的十五天的友情，在乌尔姆街，我坐在这条长凳上等他，他满脸笑容地到了，我们一起并肩走在这条苏弗洛路上，还有一起去卢森堡公园。我一会儿高兴、感动得全身战栗，似乎这些意味着永恒事物的开端，一会儿我又很难过，看着所有这一切沉沦到一片令人目眩的空无中。

他的到来是我之前没有想到的，让我觉得很温暖。同样还有这些珍贵的回忆伴随着我的步子，逝去青春中那难以捉摸的细腻情感又复活了。我跨越的每个阶段，我做过的梦，依据不同年份、不同的地方读的各种不同的书，这些才造就了今日的我……今日的我很放松，在湛蓝的天空下，穿着薄纱裙，微笑着，准备好好地歇一歇。不再如去年假期那般苦涩，每天以泪洗面，而是有些如两年前那样轻松。为什么要那么紧绷？我足够坚强，不会害怕任何人……为什么不去拥抱"简单又轻松的生活"，重新发现荞麦花香和栗子林里的阳光呢？是的，我知道：这种普鲁斯特式的进行完美分析的需求，我把它当成了一种法则，尽管我没有怎么读过普鲁斯特的书……这是一种生活在紧张亢奋中的需求……我肯定我的心中有无限，而我热爱无限。今天，我离这位非现实的阿兰-傅尼耶更近了，他在梦境中来去自如。我再也不是独自一人，我发现了一些与我有着深刻共鸣的人，他们或温和或热烈。因此，我变得平静、简单，我将只会在开心的时候去寻找我在痛苦中呼唤的真理，而不会躲避我所能够承受的快乐。

正是这一点有着巨大的不同：去年，我拒绝快乐，为了不让自己被简单的生活所裹挟，而如今我接受快乐。

我理解庞蒂。这种焦虑，只是给业已适应了的平静生活增添了一抹酸涩；这种大脑的焦虑，与我经历的痛苦折磨之间，又有什么区别呢！他告诉我，他被动物性的生活所吸引，能重新变得和大家一样。那一刻，我也是同样。可要是这样的状态持续下去，我又会觉得自己是多么的渺小！

我比一年前更坚强、更自信。我不会再被低级的书弄得晕头转向。智慧已经归位。辉煌又完美的平衡。

八月四日星期四

我越来越不喜欢蓬特雷莫利的信，因为我觉得他就是个文学青年。他让我写作。但写作对我来说不是自我发现，不是我想写到哪里就写到哪里，而是自我表达。我害怕两件事：一是把消遣当成最重要的事，二是迷失在想要获得文学成就、想要获得赞同的热望中，都是我看不上的事情。如果我要说的是有用的，那我就写下来……我要问问梅洛-庞蒂的建议。这个男孩就如同我的良知，如同一把活标尺，因为他就是在被剥开、被简化了之后，我自身最美好、最深刻的那部分。

写作……多么迷人的诱惑！但我的作品不是一天或两个月的假期里便能完成的。这样我就没有时间应付考试，去追求真理和表达自己。列维说我不需要害怕这样的分裂。试一试吗？就这样，不做笔记，而是重新开始写一部作品？

安排好我的时间。上午九点到十一点，写信、写日记。十一点到下午一点，哲学（沉思），下午三点到五点（哲学、阅读），五点到八点写作？晚饭后，自由安排（读非哲学的书，延长阅读的时间，哲学沉思，等等。）

没错，可一个人能同时思考两件事吗？倘若我真的热衷于最重要的事，我还会花时间做别的事吗？要做的是，减少阅读。只读最重要的书。只读那些我能从中获益的书。更多地去思考，手握着笔，并试着建立体系，尽管可能不熟练。继续写信、聊天，这样我自身最好的部分才能有效地表达出来，正如若泽在信里告诉我的那样。好好考虑这部我总有一天会完成的作品，也可能马上就完成。也许我会把在巴黎的所有晚饭后的时间都花在这上面。但值得这么做吗？

（问问布洛玛小姐——还有莎莎。）

我担心我创造的这个世界会让我远离真实的世界。尤其这会侵占最重要的事。因为蓬特雷莫利什么都不明白。哦，梅洛-庞蒂，我活生生的良知，我多么想写完这封纪德式的信之后和您聊一聊，聊聊一个继续活下去就无法得到拯救的人。"他们失去了自身永恒的那部分。"

八月六日星期六

我给庞蒂写了一封长信，里面充满了我对他的友情，我向他讲述了自己的故事，想要在他面前为自己辩护：惊人的发现，突然的崩溃，我所有的脆弱，友情之于我的意义，还有我内心的不安，对分析的热衷。或许去年，我更焦虑，更关注我自己。但读的那些无用的书，那些满是悲伤的日子，还有什么比我专注地工作更好？不再带着那么多情绪，现在是思想，这样更好。我不再是一个孩子，而成为了真正的女人。我不再贪婪地想要活着，而是热切地渴望变成：平衡。这是否意味着死亡？哦，不……我对活着依然充满热情，我那么珍视这所有的一切。我对荣耀、对幸福不再抱有渴望，完全无视——他会说是"超出常人的"——所有偶然的事物。唯有也总是有这一"神秘的呼唤，我们终其一生都试图在沉默中理解它"。

八月十九日星期五（在格里埃尔）

这两周来，过得很平静，继续工作。阅读，认真地思考，开始写这本书，似乎有了进展，我想把它写成，但我对此也不会看得太重。学习的日子真好。有时，我觉得很遗憾，我把生活安排得很好，却没有好好地体验。但活着，仅仅是感受吗？我写了许多信，在这其中我袒露的自己有点过多了。我收到了默西尔小姐的回信，很满意，还有昨天布洛玛的信也令人感动，"我心里对任何人与事都过于怀疑"。哦！最坚强的灵魂往往会暴露出如此可怕的脆弱。我说，我不想怀疑。我肯定他们成为他们所成为的人是有理由的。我不会向他们提出任何要求，但因此什么都接收不到，又让我多么伤心。我一直在等庞蒂的信，可始终没来……我如此地想念他，我如此地依赖他的友情！

而另一个人，没说过那句我期待的话，他或许也永远不会说。正如海涅所说，"捉迷藏的游戏我们玩得这么得心应手……"我还记得与他在一起的某些夜晚，他的某些话，某些神情，那种随意令我气馁。我还记得从前我的和他的无动于衷，他身上我所有拒绝接受的一切。我不知道他有朝一日会不会说"我爱你"，我不知道，倘若他说了，我又会做出怎样的回应！

昨天，当我来到这里①的时候，我发觉我的灵魂与一年前没有任何不同，那时我整晚都在大街上哭，只是一切都过去了。曾经爱得那么浓烈，痛苦得那样撕心裂肺，现在再也不渴求什么。不就在昨天吗，在这间房间，我十分想念他。唉！所有这些时刻都没有溜走，它们在每个角落里等待我，而我也会把它们统统找到。至少我明白了什么是痛苦，我永远不会承受更大的痛苦，这不可能。因此，我也不会付出更多的爱，永远不会这么多。我把它钉在了还愿牌上，"我少女时代的沉重的心"。这股清流比莫里亚克向我承诺过的更加隐秘、更加苦涩，从中到底会迸发出什么呢？

我想好好读一读《伦理学》②，这并不会妨碍我幻想和忍受痛苦。

"情感是一种失败的思想"，但爱情不是，痛苦、完全顺从的心也不是。变得更加坚强，但同样保持脆弱和无力。再也不要相信理性，但不要背弃自己的心。我不能厌恶我自己，我同情自己，只有自己才能照顾自己。在这里还是一样：工作，回忆，

---

① 西蒙娜·德·波伏瓦此时在格里埃尔，在她姑姑家。——原注
② 斯宾诺莎的作品，出版于1675年。——原注

唉！我再次爱上他。而他，或者说他的想法呢？曾经的那个他，或者说，一直保持原样的这个他？这些眼泪是为了谁而流？我轻声呢喃的这声"雅克"，是在对谁诉说？

　　哦，我的孩子，你知道我还有什么没说吗？
　　还有那些我不敢说的无尽的话？……

　　说起来，他差点就说出口了！我真是太蠢，太笨了！再一次，离索邦和"社会的"我那么遥远。只有我的灵魂在不顾一切地寻找你的灵魂，我的朋友，也许还是爱着我的这位朋友！我太爱你了……你又太害羞了。现在，我什么都不知道了，不明白你的心，也不明白我自己的心……雅克，倘若在巴黎的每一个夜晚，你曾想念过我，哪怕只有一次，那就让今晚我的心与那晚你的梦结合在一起吧。

　　雅克！

　　雅克，没人了解他，他的轻浮似乎隐藏着太多的承诺，我们对他过于苛刻，是出于厌恶！他让我难过，他带给我幸福，他爱过我、忽视过我，他把我忘记，他是巫师，爱嘲笑人，令人失望，让人担心，同时又是那么单纯！我回忆起你，犹如别人回忆一位死者。

　　"我们在玩捉迷藏，我们完全迷失了……"

　　我记得我爱过你，我记得我有理由爱你。看吧，他不可能死去，那个人……那个人……这是不是无法弥补，要是我们相爱却又不能对对方说？我们流的那些眼泪去了哪里，他无从知晓的这份爱又去了哪里？

雅克，救救我，雅克。

《亨利·布吕拉的生平》《书信集》《日志》《卡司特卢的女修道院院长》[①]

《狄士累利传》[②]——施沃布[③]——博普[④]——德拉克鲁瓦[⑤]

巴吕兹——罗宾，《柏拉图》[⑥]

八月二十一日星期日

梅洛-庞蒂的信让人赞叹。并不是昨天的眼泪流得很值得。

---

① 斯丹达尔的作品：《亨利·布吕拉的生平》(1836)，《书信集》，《日志》(1801—1823)，《卡司特卢的女修道院院长》(1839)，后者收录于《意大利遗事》。——原注

② 安德烈·莫洛亚 (André Maurois) 的作品《狄士累利传》(1927)。——原注

③ 马塞尔·施沃布 (Marcel Schwob, 1867—1905)，著有《莫纳尔的书》(1894) 和《想象的生活》(1896)。——原注

④ 莱昂·博普 (Léon Bopp, 1896—1977)，瑞士作家，与《新法兰西杂志》关系密切，让·波朗 (Jean Paulhan) 的友人，他于 1926 年写过关于评论阿米埃尔的论著。——原注

⑤ 亨利·德拉克鲁瓦，心理学理论家，索邦大学教授，《斯丹达尔的心理分析》(1918) 合著者之一。——原注

⑥ 莱昂·罗宾 (Léon Robin)，柏拉图注释者与评论家，著有《柏拉图的爱情理论》(1908)、《柏拉图式摹仿亚里士多德的数字思想理论》(1908)、《柏拉图的物理学》(1909)。——原注

但我白天做出的判断，是清醒的、心甘情愿的。他给了回复。

[旁批：他实实在在地喜欢与宗教相关的东西（祷告、弥撒、福音书）。他喜欢尘世：环境、考试、政治。] 而我并不满足。尘世的无用令我伤心，我希望的是一种"超乎常人的苛求"，但人世的东西也应该得到解释。

厌恶，伤心——我觉得什么都不值得，因此我对许多问题都抱着无所谓的态度——所有其他的都是消遣，只是消遣而已，只是避免沉沦而抓住的树枝而已。

他生活着，他想要生活。

我不在生活：事情按部就班，除了我必须做的以外，我不会做任何事，我没有希求，我没有渴望，除了忘记我自己。

活着吗？当然，我可以紧紧地抓住一切，但还是那么轻视生活。

八月二十二日星期一

我写的信和回信都在。我重读了这本手记的一些段落。是的，如今多亏了他，我不再迷失在一场无用的自我凝视中。我体验了非常纯粹的"在场"，最终实现了奇妙的平衡。在这些友谊中，在我正在写的这本书中，一切都与我曾经的样子有关。我知道为什么我活着，为了寻找，并帮助其他人去寻找——我想为之服务的道德，这样一种纯粹，重新找回的简单，没有虚荣和自满。是的，不再"热情和幻灭"，而是热情而纯洁，清醒而强大，因为满怀希望而强大。更加热情，充满活力，总之这个总结是确定的，无论我的想法如何。再也不是死亡，而是生命。

两个阶段结束了：一个是神奇的发现（加利克），另一个充满失望、经历、厌恶（雅克）。在庞蒂的指引下，一个新的阶段开启了，那将是我一生都期待的阶段，不是变成的阶段，而是持续的阶段。这个总结是确定的，因为不伴有任何遗憾，因为一切都在这里重聚，它符合我的所有渴望，而只有我的智慧执意要抑制我的渴望。我有一些确定的标准用于评判，我抛弃了那些非本质的东西。在其他一些总结中，我觉得似乎需要强有力的意愿来支撑，这是我必须做的，这是我整整一年来一直想要的答案。我最终被说服了。

但这暗示着，我将依据这一信条来生活。如果雅克削弱我，如我所害怕的那样，我将会有力量不予理睬。或者如果他在乎我，为我保留一切，我就嫁给他。听从阿兰的建议：坚持现在自己的思考，不要被别人的意见所左右。不要顺从于雅克说的，要坚持。或许索性等假期末的时候，给他写信，直截了当地问他，我们走到了哪一步。我们的友谊是那么高贵！我觉得坚持下去是那么困难，即使这是必须的。不过还是不要过于忧心。每天让自己变得更坚定一些。热切、纯粹地生活。我很幸福、很平静，似乎十八个月以来我从未有过这样的平静和幸福。这个月也因此变得伟大，就这样持续下去。谢谢你，庞蒂。雅克教会了我宽容。

您给我了严苛的权利。

八月二十六日星期五

是的，只需要一个微笑，一个声音的转折，就不再哭哭啼啼，"想要吃下所有鲜花的女人"，或者是"把自私变成两个人的自私"。这样就可以了吗？哦！不，不是吗？倘若我在我们最近的几次见面中还不能重新找回那个我曾经爱过的人，告诉我他一定会回来？我一定会把这种笨拙的爱情变成强大又美好的东西！我心碎了。我不愿意把自私变成两个人的自私，我不愿意被他想念。要是我爱过的那个人真的已经不在了，那倒变得更简单了。还是不行，这多么可怕，多么遗憾，多么让人痛心！因为我而错失他的爱。那如果他还爱我呢……啊！他不会想念我，无论变得多么危险，我都会冒险，而且不会就此倒下。不存在两个人的自私。一起去找寻。我只会屈从于那些最好的，无论是他最好的部分还是我的。我爱你。我有理由去爱你。尽管你并不像其他人那样能帮助我坚持走自己的路，这是肯定的。但爱情就要求人屈从，唯一的罪过就是过度崇拜。不要老是想着这个事！唉！对于想要感受和思考自己情感的人来说，生活变得越来越不简单。对于其他人也是同样，我也会愿意把我自己交出去……比起你来，这份馈赠在其他人眼中或许更有价值。但这里，不能靠理性做出评判。我爱你。我希望你就是真正的你。

我们能做的是控制我们的情感，而不是去否认它。然而，他有那么多东西，那么多东西，让我痛苦。等等吧，可我禁不住要落泪。因为无论如何，这一切曾经是那么伟大，对这一切的回忆也总是伟大的。

我给蓬特雷莫利写信，关于"更多的精神力量意味着什么？"——生活中对朋友的需要，我的作品会成什么样，我对未来的展望。我问了他关于死亡的问题。

九月一日星期四

美好的夜晚！从何而来（需要研究）？

微风吹来了荞麦的香味，宝贝蛋的白色长裙，清澈天空中的一轮明月——还有我和我的整个人生，所有我爱的人。突然一切都消失了，什么都不剩，只有这深邃夜空中的一颗星，以及我无视一切的灵魂，除了它自己的存在。我回到家，读了自己写的有关雅克、庞蒂和其他的一些文字。谁是对的？这个没有记忆的自我，这个脱离了非本真的自我的自我，是永恒的吗？是纯粹的自我，存在的单纯的意识，或不太重要的、各种接连不断的意识状态吗？或者说必须拯救一切吗，就像我希望的那样？我的回忆，和我的每一种意识状态？我记得曾经热切地选择了这个：前天，明媚的阳光下，我坐在草坪上写下这一页，号码是……今晚，我觉得似乎这些与人相关的事是不值得这样去哀叹的，有这个自我就够了，与尘世间的所有其他无关，与曾经的那个自我无关，孤孤单单的，处于美好的孤寂中。其他人也是这样往前走的，在同样的孤寂中，而这很好。

我知道我不是一个纯粹的人。我还记得那阵疯狂的情感：不久前，一个晚上，同样靠在这扇窗上，我甚至记得在那些被烦恼困扰的夜晚，身体的颤抖。但真的有些时刻，我会觉得这所有的一切都是不存在的，不仅是他们那荒诞的生活，一个个地背离本质上的孤寂，而且甚至包括我称之为生命并重而视之的东西。就如同在这一片片月光下的田野，最崇高的爱情也会令人不快；就如同在这一刻，这才是唯一重要的东西，这才是我无法命名的东西。有些时候，只有我的灵魂在感受（笛卡儿说，激情来自身体），我的"自私"表现出来：统治，幸福，等等，人们做什么并不重要。重要的，韦伊小姐①说，并不是工厂在运行，而是无论穷人或富人，野蛮人或文明人，都在拯救自己的灵魂。那些只把手段当作目的和责任强加于人的疯子，只是生活的材料，别无其他！人的这种疯狂，这种无比的疯狂，如果他们称之为"自私"，我也很乐意——我就是这样疯狂。从来，我珍视的孤独，我焦急的询问，我在美丽的乡间感受到的飘飘然……都离他们所有人很远。巴黎，是他们的，我在那里很不自在，次要的东西踩在了本质事物之上。一切都是复杂的，理性的，我意识到其他人

———————
① 指西蒙娜·德·波伏瓦与西蒙娜·韦伊的一次讨论，韦伊与她同时参加几场会考。——原注

也活着，而这里，只有我一个人……巨大的谜团，如此的不合时宜，没有人会牺牲自我去适应它。他们可能会过一种很肤浅的生活，至少像消遣那样。我内心的激动有点让我害怕，这种极端的活着的方式，极端到燃烧生命、一刻不停地想着——没有权宜之计。

我喜欢这些很单纯的人，比如让娜，还有那些安安静静做自己的小孩儿，他们不需要被培养成超越自己生命的人。我讨厌的，是那些想要思考生命但又想不清楚的人，那些"智者"，那些"作家"，等等。即使对文学，我也抱着疏离的态度——带着一种焦虑去遣词造句，不是这样——这首先有利于我意识到这种焦虑，这会成为一种支持，很美好，但接下来呢！只有当我们不够强大，无法独立行走的时候，才需要依靠其他人。说到底，我不清楚自己到底想要什么，也正因此，我必须竭尽所能地去弄明白是什么，而非我想要什么。此时此刻的生活是平静的、美好的。

（其他人可以起到的作用：掺杂着情绪的思想——不是根据情绪来评判思想，而是其他人感受不到情绪，他们做的是客观的评判。）

九月四日星期日

还是令人压抑的焦虑：孤独的一个人在未知中感受到的形而

上的焦虑。我们怎么能不变疯呢？有些日子，我因为害怕而呐喊，因为无知而痛苦，而后恢复，我告诉自己"明智地工作吧"。唉！我知道我至死都不会知晓！去年，当我痛哭着说"这才是真正的人生"，远离那些人，远离那些他们带来的更美好的东西，正是因为这样才令我喘不过气来，但那时我对此还没有很清晰的认识。这焦虑也是他们所有人的焦虑，尽管我用冷酷来武装自己，但我还是疯狂地爱着这些灵魂，这些灵魂永远不会怀疑我是带着怎样的热情对他们负责，"他们真诚地对你微笑，晚安吧！"而且啊！不要相信他们任何一个人。每一天我都在想着你们，心情沉重，我因为你们而颤抖，就像看到冒失而危险的事物会屏住呼吸，无助地颤抖一样，同样地，我看着你们，我害怕了。

对我自己也是如此，因为我无法接受自己的死亡是"多重又零碎的"。那颗小星星，它是对的吗？只要我不知道，我便会一直痛苦。因此，当重温去年的那些瞬间，那时"少女时代的沉重的心"不再流血，如今从中迸发出莫里亚克承诺过的这股清泉，这股清泉是对的，我"沉重的心"也不是毫无用处，没有沉重的心就不会有这股清泉。而我哀叹的，是这颗沉重的心，但又不仅仅是今天变得有用的它。我也哀悼所有不会有的未来，哀悼必须要做出选择。我害怕这条不知通向何方的道路。我所能做的只有等待，紧紧抓住我所确信的、最重要的东西，但等待并不等于遗忘。

这一切是多么真实，比他们所生活的这个世界还要真实。这些灵魂的存在，过去的存在，未来的存在，当下真实面貌的存在。庞蒂赞赏我如此汹涌的内心生活。它一天比一天伟大，我为了活下去会做什么呢？我再也听不到他们说的话，我再也看不到他们所看到的。知道了这些，谁还会对我负责？谁会不怕我！有时，我在朋友们纯粹的温情中找到了避风港。如同昨天，在车上……在那一个小时里，我觉得人生是一个美好的故事，那么美好，我骄傲地认为属于我自己的人生一定是最美好的。我为那些向我敞开的、依赖我的、爱着我的灵魂而骄傲，我为自己所拥有的力量而骄傲。布洛玛小姐、玛丽－路易丝给我写了信。感到一分钟的欢喜，因为我觉得自己是有魅力的、容光焕发的，被尊重和温柔环绕着。年轻男女之间的友情会产生一种很奇特的魔力，只要两个人都是单纯的、正直的、怀着爱意的，这珍贵、难得又很脆弱。因此我常常徘徊在两种情感之间，沉醉于一种热烈的人生之中，像我曾经幻想过的那样，同时又害怕人生就是一场悲惨的冒险。我将走向越来越巨大的孤寂，越来越全面的沉思，但不会丢失人的这种激情，不会丢失为他人难过的能力，一点也不会无视其他人。我们会因为知道必须战胜痛苦而不觉得那么痛苦吗？不同人的敏感，这是大家没有说，但必须要说的。

星期一

　　还要说一说梦想，回忆，在原以为失去一切的时候又统统找回来时的快乐，始终没有消失的过去，我们为之献上曾梦想的未来，它已变成了当下，还有美好的夜晚，美好的生活，所有这些我都写进了给莎莎的信里。快乐！快乐！我对她的友谊是无边无际的，诚如我的心也是无边无际的，永无止境。

九月六日星期二

我现在感觉到了，我会一直那么坚强，我一点也不害怕会迷失自我……梅洛-庞蒂，代表着平静、纯粹而确定的爱；雅克，代表着通往他者的艰难之路，从未完成但必须要做的事，以及焦虑。因此，深思熟虑之后必须选择雅克。我足够有信心，能将我的幸福托付到他的手上，我也足够坚强，若是他无法带给我幸福，我也能继续生存下去……我可以为雅克做点什么，而对另一个人，只是单纯的快乐。几天之后，我会给雅克写一封长信。啊！那一个个代表着巨大牺牲的夜晚，它们是多么无法弥补，即使仅仅在想象中也是如此！

九月七日星期三

重读这本手记，我明白了这一整年。我一直举棋不定，一边是爱情带来的沮丧，这是人间唯一重要的事，能让我从中感受到人的虚无，一边是探寻的渴望，模糊地希望有一些事可做。庞蒂并没有太大地改变我。他给了我力量，让我坚定地选择了后者。

自从我见了他之后，我更坚持自己所写的一切。对于最重要的事，我的道路已经确定了。

至于其他，我在难以承受的生活之苦恼、一切都完美无缺的生活之美以及征服生活的自豪感之间摇摆。

九月二十七日星期二（巴黎）

两周的休息。和莎莎①的亲密相处和她对我的情感，都让我高兴，还有和宝贝蛋，这是没有任何其他人可以替代的，因为我们曾在一起生活，即使我们两个人都沉默不语，也能形成一种比世间万物都要紧密的联系。我并没有高估她的价值，她的一切都很完美。我爱她。这种感情可以形容为，"我们两个人"与其他所有人。当我们无法用任何词去形容一段友谊的时候，它便格外美好。

我体验了很多，几乎不思考。长长的假期。不过我给雅克、庞蒂、蓬特雷莫利都写了信，也收到了他们的回信。面对格扎维埃·杜穆兰，我感到深深的绝望。我强烈地感觉到我和他们的差距，他们想用诡辩困住我。我在信中表达了上述的思想。

我见到了热娜薇耶芙、雅克·德·纳维尔，他们友好，聪慧，你中有我，我中有你，格扎维埃·博东优雅又敏锐，还有一

① 西蒙娜·德·波伏瓦在莎莎家族位于阿杜尔河畔艾尔的一处房产加涅潘短住，后回到巴黎。——原注

位真正是个人物：格扎维尔·杜穆兰。

哦！散步，阅读雅姆、拉迪盖、拉福格！聊天，还有这返程的旅行！

出发近在眼前，我有一种挫败感。虽然在巴黎有我热爱的一切，我还是为不得不回去而感到挫败，因为我热爱的一切都是沉重的。就如早上醒来，即便之后迎来的是美好的一天！对我来说苏醒是一年，一年接着一年。现在让我开心的是，生活不是将要恢复原样，而是已经恢复了原样。重新看到这个街区，和米盖尔聊了天，他给了我几乎他所能给的一切，我还约了蓬特雷莫利。这两个人，我爱他们，他们也同样爱我，但我没有收到他们的消息，不过很快就会有的。

我把厌倦了存在的生活比作这场一个人的痛苦回程。今天我很开心。我想生活，我有自己就足够了。

安排这一生活，并坚持下去。

八点起床——九点到中午，在房间做自己的工作。

两点到六点，认真学习——六点到八点，交谈、画画、阅读，不做无用的闲逛，我没有权利这么做。今年，必须保证所做的一切都是有用的。

九点到十一点，准备上课的内容，小圈子的活动——补上尚未完成的事。

十一点到十二点，写日记——特别是关于看的书和见的人，也可以关于一些事实。

三个被占了的上午，一个去听音乐会，两个要上课，需要用晚上的时间弥补。我知道上课时间之后，会再好好安排——十月份，重点放在自己的工作上。

必须完成的：巴吕兹布置的两份作业，写自己的书，完成学士学位的考试。

每两周读四到五本杂志，两本新出版的书——几乎不读小说，要是能读别的书，就不读休闲消遣的书。多读思想方面的书和国外的经典著作。那些标记为重要的书，每周日慢慢地重读几页。

边阅读边做卡片，我已经开始这么做，和思考、写作并行。对谈话做分析。从十月一日开始，认真工作。

我的书单已经列好了。少阅读。多写作。从现在开始到一月份，完成书的第一部分，到十一月份，完成巴吕兹布置的作业。

九月二十八日星期三

来吧，这是我用所有有力的承诺找到的。我跟莎莎一起度过了一天，我们相处的氛围一如往日，而我，也和以前一样。似乎所有新近发生的一切都不曾发生过。夜晚七点，这间亮着灯的书房里承载着惯常的生活和不明的滋味。我明天还会见到他。这个他是谁？

我还记得，去年在这间书房，在一样的时间点，我曾热切地思念他，想要他。我不想要他了，却依然记得清晰。难道这就是爱情？努力地摆脱却完全不受控制，不知道是否值得，没有期待也没有遗憾，一种隐隐的忧虑，一种暗暗的欲望……不要见他。要是他在千里之外就好了！但他并没有在千里之外，那就见见他，对的，直面他。我会见到他吗？哦！见到他却没有见到他，说话却没有说话，什么都不知道……和去年一样。

这容易吗，嗯？当他不在我身边，当他不在我灵魂周围游荡的时候，容易吗？我的力量在于重新发现那些在凋零的日子里被遗忘的小摩擦，并且不屈服，不忽视它们。过去不会再重来了！我爱过吗？我还爱着吗？

我甚至不想念他。我感受到他的存在。他是我的一部分。因此必须肯定的是，对我的怀疑进行分析并不是最重要的。必须抵挡住这份诱惑！可不……只需知道明天和现在，如果有必要，我能够拯救自己，这就足够了。但活着同样美好，脆弱一点也是有必要的。你……是谁？

我只害怕未知。如果我知道，我就会面对。我不知道。我不了解。

九月二十九日星期四

又见到他。我觉得他爱我，渴望见到我。我星期一会去。在蓬特雷莫利家待了一天。他离我这么遥远，没什么能力思考，我不再为他担心。他答应会结交新的朋友，读书，建立圈子，等等。我对这一切不再那么关心。我过的是知识分子的伟大的苦行生活。我几乎不太爱他。但他激发了我工作的欲望。这一切……还是只有雅克？雅克代表的再也不是一种把我排除在外的更优越的生活，其实正好相反。他从此只有他自己。我相信这对他来说足够了。哦！不谈文学！米歇尔·蓬特雷莫利是个文学青年。他不严酷，不骄傲，不会感到慌张和厌恶。他是靠着别人而活的。他没有属于自身的力量。

我必须写书，以此来确认自我。在这些暧昧不明的日子里，我有些诚惶诚恐地直面一切，我想要再见到我亲爱的、最亲爱的朋友，我活生生的良知……莫格，巴吕兹，蓬特雷莫利，这些关心我的人，让我厌倦！我必须工作，重新成为我自己和上帝，正如我在梅里尼亚克的阁楼里做到的那样。而其他人，他们只是跟上帝在一起的人而已。

九月三十日星期五

我读了《浮士德博士》①，不太喜欢。和默西尔小姐聊了很久，她所说的上帝离我很远。摆脱了那些想要把我引入歧途的人，离他们远远的……我在内心最深处又找回了雅克。我的

---

① 阿尔弗雷德·雅里（Alfred Jarry，1873—1907）的作品《玄想家浮士德博士的功绩与观点》，于1911年出版。——原注

表兄……

我还是带着柔情想到了我最亲爱的朋友，我会给他写一封信。爱情多么奇特，多么有威力！"我找回了去年的一些东西……"我把我的爱意放在了它该在的地方，我并没有吝惜我的爱意。现在热烈的爱意，和那个冬日焦心黑夜中的爱意，没有分别。我爱你，雅克，你知道的。

十月三日星期二[①]

我又见到了布洛玛小姐，很开心。

梅洛-庞蒂把一些重要的问题摆在我面前。我不会再头脑发热。我会继续写我的书，继续我的友谊、我的学习，一边冷静地寻找解决问题的方法。不要着急，厘清自己的思想。星期四我会反过来告诉他所有扰乱我的一切：家庭、团队、文学，尤其是……

昨天，我见到了雅克，他离我很近，我一会还要去见他，我爱的是他，但也有点怕他……不要把自己的精力分散在这些迷人的朋友身上。我的思想会怎么样——两个问题：是什么，以及其价值。首先解决第一个问题，不过第二个问题也可以换一种问法。

我们的谈话很严肃。他承认——态度并没有太认真——我的立场。他是被动的，他在积累，他热爱生活，他完全是对的。

---

① 原文有误，此处应为星期一。

我很难过。他就是地粮。他想要生活。而我对此是拒绝的，我摆脱生活。真的吗？是的，我要放弃如今晚这般的柔情蜜意，还有其他的柔情蜜意……"对二十岁的人来说，这太抽象了，西蒙娜。"［旁批：或许他是对的，想起这场谈话让我无法平静。这个问题，我如今能回答了，但我不想回答——可怜的雅克，我很不幸——一九二九年九月。］

唉！……我想起那些微妙的亲密。哦！去年说的那声"谢谢"，他成了我生活的全部。这场交谈这么严肃，对我这么严酷。他是认真的。可他是那么遥远。我以为我爱他。直击情感的游戏、危险……这些对我来说是那么陌生，让我感到深深的痛苦。我说的这些事，当我说出口的时候，变得如此真实，令人压抑。

我把这些告诉庞蒂，这一我无法逃避的法则，这微妙的、心甘情愿的痛苦。很难独自一人走完两个人规划的道路。

未来的三年是刻苦学习的三年，这是肯定的。在这个压得我喘不过气来的家里，沉沉黑夜里路灯的微光，感冒带来的头疼……之后，或许是无尽的孤独取代曾经的温柔。丈夫，孩子，温暖的家……有人会娶我这样的女人吗？

每个人对我的理解，只是他们对自己的理解而已，这很公平。

我非常喜欢伯克莱的这本《无名之城》①。

我喜欢莎莎。

———————

① 于 1925 年出版。——原注

我很高兴又见到了若尔热特·列维。我想哭。为什么呢？因为我所做的决定。而且我不会做选择，我脱离了生活。

浪费时间去描述我的病是无用的。雅克非常自洽。或许他是爱我的……而我呢？一点都不重要！我幻想着无穷无尽的牺牲，但我没什么足够伟大的东西，可以当作一份无用的礼物送给别人。

我的苦行，无用的眼泪，无法弥补的姿态！仅此而已。

我以一种严肃的态度服从了从未有过的意志。这难道不是一种梦想吗？有一句话说："这不是可以忍受的。"对我这个选择了难以忍受的姿势的人来说，还能活多久？哦！我要在书中为这一切呐喊，以此让自己得到解脱！呐喊，而后从此沉默……除非出现绝妙的回答……［旁批：一九二九年五月——当雅克存在的时候，还有人能受这样的苦，做这样愚蠢的孩子吗？当他就在这里的时候！这个讨厌的女孩还不懂得去理解他，真是搞不懂！我同情你这个女孩，我感谢你一直这么无知，才能让我今天能这样善意地指责。如今，我已成了更加明智的女人，懂得爱你，懂得让自己幸福。

（她是多么爱你，唉！——一九二九年九月。）］

十月八日星期六

金秋，和梅洛-庞蒂一起在森林散步，河边有一些天鹅和划船的人，真是惬意。我们聊起了我们的同学，聊克洛岱尔、莫里亚克、托马斯主义，天南地北，无所不聊。有时我想起他的时候带着万般柔情，他单纯、正直，会冲动，像光滑又充满活力的树干，甚至可以说是天真的。没有"才华"，也没有任何一项异禀的天赋，比较容易适应肤浅的生活，但他是庄重和青春、纯粹与坚强的完美统一，对非本质的东西视而不见。

星期三，我又见到了列维。内心没有波澜。她跟我讲了劳特曼的事，我内心乱成一团，纠结不已。还有"计划""观点""步骤"……她做这些分类，还让我必须跟她观点一致。她不是我的朋友，不是……

可爱的星期四。我带着一小块面包、一斤葡萄坐在小森林的长椅上，读着《泽诺的意识》①。下午，在蓬特雷莫利温暖的小房间里，我开始有点爱上他了。我见了莫格，我喜欢他心不在焉的样子，他很精致、很优雅，尽管他有点过于讲究，尽管我们有很大的不同。"野蛮人"，列维这么说。天哪！他既不是"圣人"，也不是哲学家，不是"伟大的艺术家"，反正我是这么认为的，但他热爱艺术，而且能感知艺术，他敏感、有魅力，和他亲近，和这样一个与自己完全不同的灵魂亲近，能感受到一种巨大的温暖，甚至有点太甜蜜了。站不住脚的推理，令人咋舌的无知，莫格还很轻浮，不过在这样一些需要慢慢培养的朋友身边，也挺好，或许可以与他们走得再近些。我热切地渴望见到冈迪拉

---

① 于1923年出版。——原注

克，他孤独，但对我来说很伟大，我早前就喜欢他的严酷、禁欲、分寸和力量。他的内心是多么孤寂。我是根据自己的内心做出这样的判断的。

我和莎莎去听了拉穆鲁乐团的音乐会。巴赫的《勃兰登堡协奏曲》，还有《唐豪瑟》的序曲，十分精彩。我不太喜欢莫扎特的《木星交响曲》和里姆斯基-柯萨科夫的片段。最好不要谈夏布里埃。

音乐会，绘画，戏剧，电影，文学……和这一切同时进行的还有我继续写的书。我爱过谁？再也没有任何一个人，他的死亡会让我也丢弃生命。我再也不会爱了吗？我会即使不爱但因为满足于一种柔情蜜意而结婚吗？愿上帝保佑……可我的青春会是美好的——还有三年的时间！

现在我活着。未来不会有多少新意。

十月十五日星期六

星期日，在于尔叙利纳看了《尼鸠》①，很无趣，但《小洛蒂》这部电影很不错。今天上午，还有星期一下午，在卢森堡公园，又见了列维，跟她聊了会天，很有趣，"普鲁斯特式的女门房"，这个词太适合她了。她多么不在乎自己的一丝轻蔑会带来

① 保罗·锡纳执导、康拉德·韦特主演的电影。——原注

怎样的结果！她不懂得如何让别人爱她，因为她只知道理解自己。她总是为自己做的事情找理由！不过，她还是有些好的品质，也能随心所欲地活着。

我看到了雅克，心里波澜不惊。[旁批：我愿意付出许多，只为了感受见到他时的心潮起伏！]

星期五见了蓬特雷莫利。无聊的谈话，我期待他的书。我学的是社会学①。我已经开始上课，很有意思。

在科洛纳，听了《罗恩格林》的《序曲》，贝多芬的《第五交响曲》，巴舍莱的《白痴》②，德彪西的《节日》和《云》，还有里姆斯基-柯萨科夫的曲子。精彩。

我和布代尔小姐聊天，她人很好，也很单纯、真诚，不是很聪明，但很有个性，有点冷酷，我就喜欢这样的人。

列维跟我说起了拉加什可能是同性恋……

今天上午和庞蒂去了小树林。我亲爱的朋友，他离所有那些使得"感性之人的生活成了充满快感和悲伤之物"的东西都那么远。

总的说来，我生活。我再也不思考。

[旁批：

他把玩着滚烫的炭木，犹如这些是石头。——勃朗宁③

---

① 西蒙娜·德·波伏瓦还需要完成伦理学、社会学和心理学的证书，才能获得哲学学士学位。——原注
② 阿尔弗雷德·巴舍莱（Alfred Bachelet, 1864—1944），1914—1918 年间歌剧院的乐团指挥，写过抒情剧《白痴》（1914）。——原注
③ 罗伯特·勃朗宁的诗《轻浮的女人》（第 12 段）。——原注

（这句诗这样写不会更美：他把玩着石头，犹如这些是滚烫的炭木……）]

十月十七日星期一

他如此悲伤地告诉我："我太后悔了，来见您，却什么都没有带。"我怎么不晓得问答您说，您的到来带给我的就比任何其他的都要珍贵；您的到来，您的正直和庄重，便是对我最坚定的支持。您难道不知道吗？我所有的柔情，让我在想念您的时候泪流不止……亲爱的朋友，您年轻，有点软弱，有点单纯，没有太多的热情，但谨慎、正直，尽管您总开些无伤大雅的玩笑，却从不会尖酸刻薄地讽刺人！

我总是把某些事情当作是不言自明的，但别人并不这么想，除了雅克，他第一个牵起我的手，把我领到这些路上，却没有跟在我身后。我不再爱雅克了。他拥有我的喜爱，永远都是。他有朝一日会重新得到我的爱吗？其实在我的内心深处，我希望看到他成长。不，我再也不会爱了。没有人伟大到让我爱上他。但或许我会结婚。

有什么关系呢？

我读了《恩典之境的世俗冥想》①。文体上过于造作。过于

①雷蒙·德·马斯的作品，出版于 1927 年。——原注

152

文学了。可我还是很喜欢其中的某些东西。

昨天去音乐会：塞萨尔·弗兰克的《救赎》、莫扎特的《降E大调交响协奏曲》、肖邦的《f小调钢琴协奏曲》，拉威尔的《悼念公主的帕凡舞曲》，斯克里亚宾的《狂喜之诗》。

十分精彩。

十月二十一日星期五

又约见了梅洛-庞蒂。刚才见到了蓬特雷莫利："我找妮可。"他对我说。我转移了话题，我害怕他把我当成妮可……对他来说是坏事。我不寻求任何东西。我充满力量。我付出爱，我守护自己，我付出自己，什么都不会失去。我不需要任何人！

哦！我充满力量，但这并不妨碍我柔情似水。我本应该对他说：不需要再找妮可了，每一个人都是孤独的，这一点很美好。这是雅克教给我的——满心痛苦，因为我曾爱他。庞蒂教会我这一点是带着快乐的。美好的友情，没有难过、没有放弃，心甘情愿，崭新，幸福，温和，除了值得给予的东西，他不会要求更多。晚安，您……

手记第四卷完